La hija de la Celestina

o La ingeniosa Elena

La hija de la Celestina

o La ingeniosa Elena

ALONSO JERÓNIMO
DE SALAS BARBADILLO

Título: La hija de la Celestina
o La ingeniosa Elena
Autor: Alonso Jerónimo de Salas Barbadillo
Editorial: Plaza Editorial, Inc.
email: plazaeditorial@email.com

ISBN-13: 978-1530475391
ISBN-10: 1530475392

www.plazaeditorial.com
Made in USA, 2016

[Prolegómenos primera edición]

APROBACIÓN

YO el Doctor Gregorio Juan Palacios Catedrático de Sexto de la Universidad de Zaragoza, y Capellán del Ilustrísimo y Excelentísimo Señor Don Pedro Manrique de Lara, Arzobispo de la misma Ciudad. Por comisión del Señor Doctor Juan Sentis su Vicario general he visto esta obra intitulada *La hija de Pierres y Celestina*, y no hay en ella cosa contra nuestra santa Fe Católica: antes bien, el autor muestra su agudo ingenio, y entreteniendo con singulares mujer, y así se podrá imprimir. Zaragoza, a 24 de Abril de 1612

EL D. GREGORIO JUAN PALACIOS.

LICENCIA

IMPRIMATUR.

EL DOCT. JUAN SENTIS VIC. GENERAL.

APROBACIÓN

PUEDE el Señor Regente la Real

Cancillería dar licencia para que se imprima el presente libro. En Zaragoza, a 5 de mayo de 1612.

EL DOCTOR JUAN PORTER
EL DOCTOR JOSEPH DE SESSE REG.

PRÓLOGO

DON FRANCISCO Gasol, Caballero del orden de Santiago, del Consejo de su Majestad, y su notario en los Reinos de la Corona de Aragón. El Alférez Francisco de Segura.

Pasando a Cataluña Alonso Jerónimo de Salas Barbadillo por esta ciudad de Zaragoza, con quien en fe de ser todos de una patria, y nacido en ese Reino de Toledo, profesé estrecha amistad, dejó en mi poder por prendas de voluntad algunos de los más felices trabajos de su ingenio, y entre ellos esta sutil novela de la hija de Celestina, donde la invención es agudísima, la disposición admirable y la elocución peregrina; leíala muchas veces, y conténtome tanto que me dolí de que esta obra no se comunicase a todos, y así tome resolución de imprimirla, y habiéndolo de hacer, halle a V.m. por dueño, y patrón, tanto por no defraudar el interés del autor que sé yo bien que si él la pusiera en el molde, lo hiciera así como por lo [que] yo me precio; y honro con el nombre de criado y servidor de v. m. cuya persona guarde N. S. mil años, en vida mi Señora doña Juana de Mendoza, y en estado y sucesión acreciente, de Zaragoza, y Mayo 22 de 1612.

EL ALFÉREZ FRANCISCO DE SEGURA.

A ALONSO DE SALAS BARBADILLO: EL ALFÉREZ FRANCISCO DE SEGURA.

NO en bruñido papel del fértil paro, en liso mármol, ni en acero duro deposito inmortal cierto y seguro, de altas empresas contra el tiempo avaro.

No en el labrado bronce por reparo del torpe efecto del olvido obsceno, tu elegante decir, tu estilo puro has querido estampar o Salas raro.

Mas hoy entre las Ninfas del Sebeto, coronas a tu Elena, y la eternizas con tan heroico y tan gentil decoro.

Que aunque parece humilde en el sujeto renacerán cual Fénix sus cenizas del Boreal al Austrio, y desde el Indio al Moro.

DEL CAPITÁN ANDRÉS REY DE ARTIEDA

LA próvida Moral filosofía (considerada la flaqueza nuestra) no solo con preceptos nos adiestra y con lección Histórica nos guía.

Pero ron el adorno de Poesía la angosta senda de virtud nos muestra y del ancho carril de la siniestra, con trágicos ejemplos nos desvía.

En esta historia que deleita y mueve y enreda en cualquier genero de cosa lo que dejarse y conseguir se debe.

Muestra el autor su ciencia milagrosa (digo, el hijo adoptivo de las Nueve) conocido por tal en verso y prosa.

[Preliminares segunda edición]

TASA

YO, FERNANDO de Vallejo, escribano de Cámara del Rey nuestro señor, de los que residen en su Consejo, doy fe que habiéndose visto por los Señores de él un libro intitulado *La ingeniosa Elena*, compuesto por Alonso de Salas Barbadillo, que con su licencia fue impreso, le tasaron a tres maravedíes cada pliego; el cual tiene trece pliegos sin los principios, que al dicho respeto suma y monta treinta y nueve maravedíes cada volumen en papel. Y mandaron que a este precio y no más se haya de vender y venda, y esta tasa se ponga al principio de cada volumen para que se sepa y entienda lo que por él se ha de pedir y llevar. Y para que de ello coste, de mandamiento de los dichos Señores y pedimiento del dicho Alonso de Salas, di esta lee en Madrid, a 12 días del mes de Abril de 1614 años.

HERNANDO DE VALLEJO

APROBACIÓN

POR comisión y mandado de los señores del Consejo de su Majestad, he hecho ver los cinco libros contenidos en este memorial. No contienen cosa contra la Fe y buenas costumbres, antes son útiles e ingeniosos; y así, se le puede dar licencia al autor para poder imprimirse.

Fecho en Madrid, a veinte de Diciembre de mil y seiscientos y trece años.

DOCTOR GUTIERRE DE CETINA

APROBACIÓN

DIGO yo, el Maestro Fray Manuel Despinosa, de la Orden de la Santísima Trinidad redención de cautivos, que por comisión de los Señores del Consejo Real y Supremo de Castilla vi y examiné cinco libros intitulados: *El caballero puntual, La ingeniosa Elena, El sagaz Estacio, Corrección de vicios y Romancero universal*; en los cuales no hallé cosa contra el dictamen de nuestra Santa Madre Iglesia ni que contra diga a las buenas costumbres; antes con Ingenio enseña su a[u]tor en ellos las agudezas y engaños de los que son hijos de este siglo para que nos sepamos librar de ellos conforme el consejo evangélico. Y me parecen útiles y provechosos para gente curiosa y desembarazada de estudios más graves: y este es mi parecer.

En este convento de la Santísima Trinidad, calle de [A]Tocha (sic) de la villa de Madrid, a seis de Enero [de] 1614.

FRAY MANUEL DESPINOSA

SUMA DEL PRIVILEGIO

ALONSO JERÓNIMO de Salas Barbadillo tiene privilegio de su Majestad para que él o la persona que su poder tuviere, y no otra alguna, pueda imprimir por tiempo y espacio de diez años el libro intitulado *La ingeniosa Elena*, so pena de incurrir en las penas contenidas en el dicho privilegio.

Su data en Madrid, a veinte y un días del mes de Enero de 1614.

PRIVILEGIO DE ARAGÓN

NOS, DON Felipe, por la gracia de Dios Rey de Castilla, de Aragón, de las dos Sicilias, de Jerusalén, de Portugal, de Hungría, de Dalmacia, de Croacia, de Navarra, de Granada, de Toledo, de Valencia, de Galicia, de Mallorca, de Cerdeña, de Córdova, de Córcega, de Murcia, de Jaén, de Los Algarves, de Algeciras, de Gibraltar, de las islas de Canaria, de las Indias Orientales y Occidentales, islas y tierra firme del mar Océano, Archiduque de Borgoña, de Brabante, de Milán, de Atenas y de Neopatria, Conde de Abspurg, de Flandes, de Tirol, de Barcelona, de Rosellón y Cerdaña, Marqués de Oristán y Conde de Goceano.

Por cuanto por parte de vos, Alonso Jerónimo de Salas Barbadillo, nos ha sido hecha relación que con vuestra industria y trabajo habéis compuesto cinco libros, todos de mucho provecho y utilidad para la república por ser de honesto y apacible entretenimiento, intitulados: *Romancero universal, Corrección de vicios, El sagaz Estacio, La ingeniosa Elena* y *El caballero puntual*, y los deseáis imprimir en los nuestros reinos de la Corona de Aragón, suplicándonos fuésemos servidos de haceros merced de licencia para ello; e nos, teniendo consideración a lo sobre dicho y que han sido los dichos libros reconocidos por persona experta en letras y por ella aprobados, para que os resulte de ello alguna utilidad y por la común lo hemos tenido por bien.

Por ende, con tener de las presentes de nuestra cierta ciencia y real autoridad deliberadamente y consulta, damos licencia, permiso y facultad a vos, el dicho Alonso Jerónimo de Salas Barbadillo, que por tiempo de diez años contaderos desde el día de la data de las presentes en adelante, vos, o la persona o personas que vuestro poder tuviere y no otro alguno, podáis y puedan hacer imprimir y vender los dichos libros: *Romancero universal, Corrección de Vicios, El sagaz Estacio, La ingeniosa Elena* y *El caballero puntual* en los dichos nuestros reinos de la Corona de Aragón, prohibiendo y vedando expresamente que ninguna otras personas lo puedan hacer por el dicho tiempo sin vuestra licencia, permiso y voluntad, ni los puedan entrar en dichos reinos para vender de otros adonde se hubieren imprimido. Y si después de publicadas las presentes hubiere alguno o algunos que durante el dicho tiempo intentaren de imprimir los dichos libros, ni meterlos para vender, como dicho es incurran en pena de quinientos florines de oro de Aragón dividiros en tres partes, a saber: es una para nuestros cofres reales, otra para vos, el dicho Alonso Jerónimo de Salas Barbadillo, y otra para el acusador. Y demás de la dicha pena, si fuere impresor pierda los moldes y libros que así hubiere imprimido, mandando con el mismo tenor de las presentes a cualesquier Lugartenientes y Capitanes Generales, Regentes, la Cancillería y Portavoces de nuestro General Gobernador, Alguaciles, Vegueros, Porteros y otros cualesquier ministros nuestros, mayores y menores, en los dichos nuestros reinos y señoríos constituidos y constituideros, y a sus Lugartenientes y Regentes de los dichos oficios, so y a corrimiento de nuestra ira e indignación y pena de mil florines de oro de Aragón de bienes del que lo contrario hiciere, exigideros y a nuestros reales cofres aplicaderos, que la presente, nuestra licencia y prohibición y todo lo en ella contenido, os tengan y guarden, tener, guardar y cumplir hagan sin contradicción alguna, y no permitan ni den lugar a que sea hecho lo contrario en manera alguna si además de nuestra ira e indignación en la pena susodicha no desean incurrir.

En testimonio de lo cual mandamos despachar las presentes con nuestro sello real común en el dorso selladas. Datas en Ventosilla, a veinte días del mes de Octubre, año del nacimiento de Nuestro Señor Iesu Christo de 1614.

YO, EL REY

A DON FRANCISCO GASOL

CABALLERO del Orden de Santiago, del Consejo de su Majestad y su Protonotario en la Corona de Aragón etc.

Sale otra vez a la plaza del mundo Elena, más enmendada de los errores de la imprenta ya que no de los de la vida. Y si entonces se arrojó a los pies de V. M. a suplicarle que le amparase, después que ha conocido por experiencia lo que le ha valido este sagrado, fuerza es que llame a sus puertas con mayor importunación y también que V. M. conceda ahora, que sale más lucida, lo que entonces, que se presentó más pobre, no se le negó.

Y si estas razones no pelean en su abono todo aquello que es menester, válgala el tener el nombre de aquella Santa, Reina madre de Constantino el Pío, de quien V.M., por la ilustrísima familia de Leza, goza y alcanza tanta sangre imperial; casa tan antigua y generosa que, cuando de muchas de las que hoy blasonan y se desvanecen en España y fuera de ella estaba por nacer su nobleza y aún no se habían escrito en el libro de la memoria de la fama, arrastraba imperios y pisaba coronas: confieso el don por pequeño.

Pero si en los ojos de V.M. es tan agradable y preciosa la voluntad como imagino, acompañado de la que yo tengo, nadie de todos los humanos, así en la edad presente como en la pasada, hizo mayor sacrificio. Guarde Nuestro Señor a V.M. largos y felices años.

MARTÍN FRANCÉS MENOR A ALONSO JERÓNIMO DE SALAS BARBADILLO.

Tú, que a la insigne belleza de Belisa celebraste, en cuyo tesoro hallaste bienes de inmortal riqueza.

Tú, que siempre te levantas a buscar lo más perfecto, de tan humilde sujeto como es el de Elena cantas.

De la mayor Majestad de belleza te retiras y por tu ingenio no miras que pierde su autoridad.

Mas como otros muchos buenos respuesta Albanio darás: que tanto te muestras más cuando es el sujeto menos.

ALONSO JERÓNIMO DE SALAS BARBADILLO A MARTÍN FRANCÉS MENOR.

MARTÍN FRANCÉS, que aun del sol vencéis la fama y renombre pues siendo francés en nombre tenéis alma de español.

Porque es tanta la hidalguía de ese pecho generoso que halla en vos centro y reposo la española cortesía.

Si veis en tanta humildad a mis musas ocupadas, que estuvieron levantadas a la mayor Majestad,

yo espero, cuando más diestras las tenga, remunerarlas sus fatigas con honrarlas cantando virtudes vuestras.

DEL LICENCIADO JUAN FRANCISCO BONIFAZ Y TOVAR.

*EL globo celestial que en sí limita la universal virtud partici-
pada, pónela en una cinta que bordada de animales se ve parte finita.*

*El gobierno terrestre solicita fin a que se ordenó, siendo cria-
da con tal respeto que se ve apremiada y en toda producción
se necesita.*

*Mas tanto vuestro ingenio se engrandece en creación tan alta y
peregrina, que habéis lo natural aventajado.*

*A Elena vida dais, por vos merece que conozca a su madre Ce-
lestina y a vos os debe el ser que le habéis dado.*

DON FRANCISCO DE LUGO Y DÁVILA AL LECTOR.

OTRA vez, ¡oh lector!, te ofrece Alonso Jerónimo de Salas esta agradable novela de *La hija de Celestina*, con tan nuevas galas vestida y amplificada que, aunque no dudo como estaba en su primer origen te agradase, ahora lo tengo por cierto, pues en su género es perfecta y acomodada a nuestros tiempos, así en la materia como en la elegancia, que se deben *"mutari cum tempore formas omnium rerum et genera dicendi"* (Cicer. In Dial. Orat.). Y así como en la Antigüedad los griegos, conformándose con la disposición de su siglo, escribieron en prosa los poemas de Theágenes y Cariclea, Leucipo y Clitofonte, tan llenos de conmiseración en tanta variedad de casos, ya quietando y ya oprimiendo el ánimo en el discurso de sus peregrinaciones hasta dejarlos en prosperidad; y por los latinos (cual se ve en las narraciones amorosas de Plutarco), más breves, se escriben obras semejantes con fines amorosos infelices (como en *La Aristoclea* y otras); y después los italianos tanta multitud de novelas que las sacaron a la luz de ciento en ciento (no siendo menos los autores desde el Bocacio, que sus nombres, y aun no de todos, hallarás en el proemio del Sansovino), ahora, para conseguir Alonso de Salas el fin que con tales obras se pretende, te muestra en la astucia y hermosura de Elena y trato de su compañía lo que ejecuta la malicia de este tiempo y el fin que tiene la gente desalmada, que viven como si les faltara el conocimiento de nuestra verdadera Fe y de que hay premio y castigo eterno; porque tú *"ut Apis ex amarissimis floribus et asperrimis spinis mel suavissimum, ac lenissimum colligit: sic exturpibus, ac sceleratis fabulis, ut cumque decerpi potes aliquid utilitatis"* (Plu. In Moral.).

Y aunque de historias verdaderas pudiera darte casos admirables, quiso, para mayor deleite y muestra de su buen ingenio, ofrecerte de su inventiva esta novela, porque *"poeta non est facta propria narrare, sed ut geri, qui verint vel omnino necessarium fuerit"*

(Arist. De Poe., c.7), que *"quemadmodum Iris nihil aliud est quam relucentia solis refracti in nubibus: ita fabula quedam est veri representatio"* (Plu. In Moral.). Y como dijo San Ambrosio: *"fabula et si vim veritatis non habeat, tamem rationem habet, ut iusta (sic) eam possit veritas manifestari"* (Lib. 3, De Off.). Supuesto lo cual, podrás *"tanquam in speculo ornare et componere vitam tua"* (Plut. In Thimoleonte), porque *"felix quem faciunt aliena pericula cautnm"* (ídem).

CAPÍTULO 1

Llega la hija de Pierres y Celestina a Toledo en una noche de regocijo, y mientras ve la fiesta, arma conversación con un mozuelo de poca malicia que le da ocasión de ejercitar la suya.

LA IMPERIAL Toledo, gloriosa y antigua ciudad de España, tan gloriosa, que la Reina a quien hacen Corte los Serafines la ennobleció con visitarla, dejando por testigo la piedra donde puso sus plantas, a quien le Fe y piadosa Religión de sus Católicos ciudadanos, devotamente reverencia, y tan antigua que la soberbia del Romano Imperio no la juzgo por indigna de ser asiento de su silla las veces que los Príncipes vinieron a España.

Llegó una mujer llamada Elena,.a cuyo nacimiento y principios les espera más agradable lugar, en el tiempo que la Primavera anda tan liberal con los campos que a ninguno deja quejoso, ni mal vestido, aunque en las galas que les reparte, hace de unos a otros diferencia notable.

Mujer de buena cara, y pocos años, que es la principal hermosura, tan sutil de ingenio, que era su corazón la recamara de la mentira donde hallaba siempre el vestido y traje más a su propósito conveniente persona, era ella que se pasara diez años sin decir una verdad, y lo que más se le ha de estimar es que nunca la echaba [de] menos y vivía muy contenta, y consolada sin visitas, cierto que mentía con mucho aseo y limpieza, y que salía una Bernardina de su boca, cubierta de pies a cabeza de tantas galas, que se llevaba los oídos de los que la escuchaba sin poderse defender los más severos, y rigurosos ánimos.

Decía ella muchas veces que aquello era todo buen natural, y tan copioso, que en una hora que ella se recogiese con su pensamiento, echaba una tela que le duraba todo el año, y era tan casera y hacendosa la buena señora, que nunca salía del telar: Bastara muy bien a dar provisión de esta mercadería, quedándole la casa llena a todos los Poetas de Castilla, con haber tantos que se pudieran hacer a sus tiempos sacas de ellos para Vizcaya, atento a ser tierra que no los lleva, y que para tenerlos es fuerza que los traiga de fuera del Reino.

Al fin pasaba con esta gracia su vida, que acompañada de su cara, dentro de pocos años hicieron mucha hacienda. Eran sus ojos negros, rasgados, valentones y delincuentes; tenían hechas cuatro o cinco muertes, y los heridos no podían reducirse a numero. Miraban apacibles a los primeros encuentros, prometiendo serenidad, pero en viendo al miserable amante engolfado en alta mar acometían furiosos y, usando de aquella desesperada resolución: "ejecútese luego", daban fin a su vida.

Vestíase con mucha puntualidad: de lo más práctico, lo menos costoso y lo más lucido; y aquello, puesto con tanto estudio y diligencia que parecía que cada alfiler de los que llevaba su cuerpo había estado en prenderse un siglo. El tocado siempre con novedad peregrina, y tanta, que el día que no le diferenciaba por lo menos el modo con que le llevaba puesto, no era ya hoy como ayer ni como hoy mañana; y tenía tanta gracia en esto de guisar trajes que si las cintas de los chapines las pasara a la cabeza y, las de la cabeza a los chapines, agradara, tan vencidos y obligados estaban de su belleza los ojos que la miraban.

Para su cara no consultaba otro letrado de quien más se fiase que el espejo; y así, acudía muy de ordinario a tomar su parecer no atreviéndose a salir de su voluntad, donde las cejas, los dientes, el cabello y, al fin, desde la menor hasta la más principal parte pasaba rigurosa censura y obedecían su corrección. Pues si hablamos del espíritu noble con que ella hacía vivir todas estas cosas y parecer que en cada una de ellas asistía un alma particular, es ofender a la naturaleza pintando mal lo que ella dio bien.

Cada una de sus hazañas me importuna por particular crónica, y son tan dignas de vivir celebradas que nunca seré culpado de prolijo. ¡Oh qué mujer, señores míos! Si la vieran salir tapada de medio ojo, con un manto de estos de lustre de Sevilla, saya parda, puños grandes, chapines con virillas, pisando firme y alargando el paso, no sé yo cuál fuera de ellos aquel tan casto que, por lo menos, dejara de seguirla, ya que no con los pies, con los ojos siquiera el breve tiempo que estuviera en pasar la calle.

Con estas gracias y otras muchas con que se duerme ahora mi pluma, porque piensa despertando a muchos hablar a su tiempo, entró cuando la noche y en ocasión [en] que la ciudad ardía en común gozo, porque los más principales de ella hacían una máscara celebrando las bodas de un caballero forastero y de una señora deuda de todos. Las ventanas estaban pobladas de varias luces, así de las artificiales como de las naturales que nacían de los hermosos ojos de tantas damas; que cualquier de ellas era un seguro competidor del cielo (seguro digo porque le vencía con tan manifiestas ventajas que allí la victoria no estaba dudosa), porque esta felicísima ciudad goza, llevando a todas las demás de estos reinos la gloria, insignes mujeres bellas en los cuerpos, discretas en las almas, suaves en la condición, liberales en el ánimo, honestas en el trato; deleitan cuando hablan, suspenden cuando miran, siempre son necesarias y jamás su lado parece inútil, porque como demás de la belleza, en cuyo gozo se ocupa y ejercita el apetito que tan fácilmente se cansa y enoja de lo que buscó con ansia y solicitud, les dio el ciclo la alteza de los ingenios, manjar forzoso del alma; y estos, mientras más se tratan más se aman, es fuerza que en todos tiempos agraden, y parece que allí el cielo, generalmente con particular cuidado, usó con todas esta liberalidad, porque pocas son las que viven sin la compañía de estas buenas partes.

Por las calles y plazas públicas también andaban muchas de menor calidad en la sangre, que en lo demás bien competían, a cuyo olor iban mozuelos verdes y antojadizos de estos que ponen su felicidad más en que se sepa que no en que sea, "dígase, aunque nunca se haga"; gente que porque con una rodela y un estoque de siete palmos, yendo trece en cuadrilla, hicieron volver las espaldas a un corchete mulato y zurdo1, pregonan valentía y piensan que tienen jurisdicción sobre las vidas de sus vecinos, persuádense a que todo lo matan: a las mujeres con su amor y a los hombres con su rigor; y al fin, los más mueren a los pies de su confianza. Todos se esforzaban por hablar bien, no había ingenio que no quisiese sacar a luz sus curiosidades: ya hubo alguno tan desalmado tahúr del vocablo que jugó los ojos de su dama, porque como fuese en profesión y hábito estudiante, y le preguntase la causa de sus desvelos que cuántas hojas había estudiado aquel día de sus Bártulos, respondió:

—Señora mía, pocas, porque como estudio en esos ojos fáltame tiempo para las hojas.

Con razón se puede correr un honrado ingenio la vez que por descuido y grave desdicha suya cae en bajeza semejante, porque este estilo y corriente bárbara se ha dejado solamente para los estudiantes sumulistas, porque como nuevos en las escuelas tienen dispensación para que aquel primer año, aunque sean viciosos de este juego, no incurran en pena alguna.

Uno de estos se le arrimó a nuestra Elena, que esperaba la fiesta junto a la Puerta del Perdón, porque por hacérsela al ilustrísimo estaba aquel lugar entre los señalados para la carrera. ¡Oh qué tal era ella para desenvolver un mentecato!: parecía purga de necios, porque visitándoles todos los rincones del pecho les hacía vomitar, como dicen, las entrañas. Tomole la medida, reconociole una y otra vez, sintiole flaco y atreviósele. Púsole luego en el potro de la lisonja y, con halagos falsos, le hizo confesar lo que nunca imaginó. Supo del que era paje de un caballero viejo, tío del que aquella noche se desposaba, hombre de los más ricos y adinerados de Castilla y que dejaba, después de sus días, por heredero al sobrino, a quien amaba tiernamente como a única prenda de su sangre; el cual había solicitado tanto estas bodas, porque se mejoraban en calidad con ellas mucho, que se esforzó a dejar su tierra, que era el Andalucía, para dar más calor a la pretensión con su presencia; interés que le había puesto en una cama a peligro de perder la vida por ser hombre de muchos años y haber intentado una jornada tan larga, como es la que hay desde Sevilla a Toledo, en los caniculares del invierno, que es como si dijéramos en los mayores fríos de diciembre.

Ella oía atenta y él proseguía sin recelo cuando la desembarazada y embarazosa picardía (porque para ninguna cosa halla estorbo y en ninguna deja de hacerle aquella gente tan acomodada que en todas partes encuentra la mesa puesta y la cama hecha) venía anunciando la máscara corriendo y gritando desordenadamente, como ufana de ver que en este mundo hay ocasión en que traen los pícaros mejor lugar que los caballeros. Mezclábanse al descuido entre la gente, y como padres comunes de bolsas desamparadas, si hallaban alguna huérfana la recogían con tanta caridad que la hospedaban en su mismo pecho (no me espanto, que todos buscan la vida en este mundo trabajoso y los mas hurtando: y estos, entre los muchos del arte, son dignos de causar mayor lástima porque caminan al más grave peligro y conquistan pequeños intereses: coge un desdichado una bolsa con veinte reales y danle doscientos azotes: la ganancia es buena, no le dieras siquiera a real por azote; sin duda que el más barato jubetero, en cualquier ciudad o villa, es el verdugo, pues por tan corto precio como cuatro reales, que no son más sus derechos, os vestirá un jubón tan al justo que parezca que viene como si con él nacieras; y trae muchos provechos al servirse de tan buen oficial, y el mayor es que todo lo que él obra lo acaba tan a propósito del talle de la persona para quien lo trabaja que no puede servir a otra, y así, nadie hay que se atreva a pedillo prestado: dura tanto como la vida del dueño y a veces más, porque la fama queda en la memoria de muchos).

Corrieron sus parejas los caballeros, que venían por extremo galanes: tan bien que el vulgo, suspenso, les daba las gracias en altas y confusas voces, pero nuestro relator proseguía su proceso y el juez malicioso escuchaba como quien siempre se prometió que aquella conversación le había de ser la llave para abrir algún escritorio. Últimamente entendió que el desposado era un hombre muy rendido a las flaquezas de la carne, y tan rompido en este vicio que no solamente procuraba la gracia y buen acogimiento de las damas con regalos y cortesías, sino que a mas de una doncella había forzado, travesuras que le costaban al viejo mucha cantidad de hacienda; y que uno de los fines por que más deseó casarle fue por entender que con la nueva obligación del matrimonio asentaría el pie firme, reconociendo que los tiempos no caminan igualmente y que los hombres principales deben mudar con el estado las costumbres. Este punto fue muy agradable a nuestra Elena, más hermosa que la griega y más liviana, que en lo uno y en lo otro, aunque vino tantos años después, la pasó muy adelante. Porque sobre él fabricó su industria lo que presto sabréis.

Preguntole cómo se llamaba y de qué tierra era. El dijo:

—Antonio, y de Valladolid.

Respondió ella:

—Por muchos años, señor galán; ¡oh qué buen nombre, no presumo yo que será menos el hombre! Toda mi vida me ha corrido con hijos de vecino de Valladolid buena suerte, y cierto que tengo notado esto con cuidado, que es gente a quien más que a otra me inclino; no sé, en mis ojos son los que con más gala se visten, hablan más tiempo, corresponden con mejor trato. Los más son tan bien entendidos que pueden aconsejar, y los que no, tan cuerdos que las cosas más fáciles no las intentan sin pedir consejo; no desconocen las caras de los amigos cuando los ven en trabajos y a los enemigos perdonan, cuando se humillan, las mayores injurias, considerando que es feo vicio el de la venganza. ¡Oh Antonio mío, y cuántas virtudes te contaré de tus paisanos; labor tengo para muchos días!

Cuando el mozo, mal advertido y poco ejercitado en semejantes refriegas, se oyó llamar "Antonio mío" de aquellos labios de cuya hermosura elegante se pudiera vencer mayor sujeto que el de su corto ingenio, calentósele más el alma, y el corazón, inquieto y turbado, perdió pie; olvidósele a la lengua su oficio, y loco de verse favorecido no sabía por dónde dalle gracias; poníasele el ingenio de puntillas, y haciéndose ojos buscaba razones que le sacasen de vergüenza. No pensó él que le dejaran sentar en el umbral de la puerta y viose llevar mano a mano hasta el retrete; holgárase de coger la fruta después de San Juan y hallola madura por Navidad; celebrara por mucho favor que le dieran con el pie y pusiéronle a la mano derecha en la mejor silla.

—Cierto —decía muchas veces en su corazón— que todos los sucesos están a voluntad de la fortuna: ella dispensa con absoluto parecer y sus órdenes son obedecidas; en vano solicita con lágrimas tiernas, pierde los ruegos y las esperanzas el que no camina debajo de sus alas. Yo, un pobre paje con quien las medias se apuntan cada día; los zapatos, de vergüenza de verse rotos, pierden el color y de negros se vuelven blancos; el sombrero suda de congoja de lo mucho que sirve; la capa y ropilla, tan peladas como si hubiesen pasado por el martirio de las unciones; el cuello y puños, con tantas ventanas que si fueran casas en la plaza de Madrid me valían un día de toros muchos ducados; persona en quien los codos son muy parecidos a los zapatos, porque también en ellos traigo tacones, excusando con esta diligencia que la miserable camisa no se ponga a acechar por ellos y hacer cocos, que según está de negra bien puede, y espantar todos los niños de las vecinas. Yo, pues, he merecido, por intercesión de mi buena estrella, en una hora un bien tan grande que si le conquistara un poderoso soberbio a costa de muchos pasos y a fuerza de infinitos dineros en largo discurso de tiempo, se pusiera en un estado que fuera menester darle memoriales para acordarle que era hombre y debía mirar por su juicio.

Tan abrasado estaba del fuego de esta nueva Elena nuestro Antonio, ya segundo Paris, que con tales pensamientos se entretenía. Acompañola hasta su posada y ella hízole entrar. Rogole favoreciese una silla, y al obedecerla él y sentarse, cayósele la daga de la vaina, y si no acudiera al remedio con prontitud estuvo cerca de enclavarse; pero volviéndola a su lugar dijo:

—Cualquier daño que me sucediera justamente lo merecía, pues ya que esta noche tuve antojo de ponerme un aderezo de espada y daga de los muchos que tiene el desposado, escogí este, que se le dio el mal acondicionado viejo de su tío a mi amo día de San Pedro, este verano pasado en una jornada que hizo a La Montaña; que bastaba ser don de manos tan avarientas para recelar de él cualquier mal suceso.

—¡Ay, Jesús! —dijo ella—. Hame querido dar V. m. pesadumbre. ¡Ténganme, tengan, ténganme, que me caeré muerta! A fe que se me ha ausentado el alma, y más lejos de lo que parece. ¡Quítese esa daga luego, que por lo menos no quiero que esta noche la traiga consigo!

Y así como lo dijo, con su mano ejecutó su voluntad, que él, aprovechando la ocasión, besó y ella no defendió. Preguntándole que a qué hora sería el desposorio, porque se determinaba ir embozada si en Toledo, por la vecindad de la Corte, en semejantes ocasiones se permitía:

—Tarde —respondió—: pienso que será más de las once de la noche, porque espera que llegue de Madrid un señor de título muy cercano pariente de entrambas partes y por cuyo medio y buenos oficios ha tenido este casamiento efecto, y según dijo un criado suyo que llegó a Toledo a las cuatro de la tarde, vendría muy noche porque no podía salir de Madrid hasta después de medio día. Y si V. m. me diese licencia me volvería a ver a mi viejo, que le dejo en la cama y me la concedió limitada por una hora; y yo, obligado de la mucha que de V. m. reconozco indignamente haber recibido, he alargado la facultad de un hora a tres, que a mí me han parecido un breve instante; y téngame lástima por amor de Dios, pues pierdo el regalo de su dulce conversación por la de un caduco impertinente, templado al tiempo del Conde Fernán González, más hidalgo que Laín Calvo, y tan montañés que me dice infinitas veces esta vanidad: que la casa de Austria deja de ser de las más ilustres de todas cuantas hoy hay en el mundo solamente por no haber tenido sus principios en las montañas de León. Es persona que vive y se gobierna por las pragmáticas de los varones antiguos: respeta a las mujeres como a cosa sagrada; a todos los hombres bien nacidos, aunque sean tan pobres que no les cubra otra capa sino la del cielo, iguala con su persona; tiene en la memoria las sentencias del sabio Catón, que andan en bocadillos de oro, y refiérelas con mucho respeto y veneración. Y a fe que no hay poco trecho desde este mesón del Carmen hasta las casas del Conde de Fuensalida, donde esta aposentado el señor Don Rodrigo de Villafañe, mi amo. No sé yo cómo me estoy tan descuidado en el verde dándome uno y otro floreo, y más que esta noche, como han de acudir a la casa de la novia donde se ha de celebrar el desposorio, es fuerza que le dejen solo. Al fin, señora, voime; y quedo con V. m. tan presente que será más fácil dejar el alma, la amistad y compañía del cuerpo que la de V. m. y sus hermosos ojos.

Así razonaba cuando, oyendo ella golpes a la puerta, dijo:

—¡Ay dicha mía! ¿Cuándo seréis vos buena, tarde o nunca? ¿Esto me tenías guardado ahora a la vejez: cuando no hay muelas, el pan más duro? Señor, ánimo y al remedio: ¡escóndase, presto!

Y diciendo esto metiole por la mano otro aposentillo más adentro, donde torciendo la llave se le dejó por más horas que él pensó.

CAPÍTULO 2

Hace un sutil engaño la hija de Pierres y Celestina, y volviendo las espaldas al peligro huye de Toledo.

ABRIENDO, pues, al que llamaba, que era un galán suyo que a título honesto de hermano, para cumplir con la buena gente, la acompañaba en bien peligrosas estaciones, recibiéndole entre sus brazos, en breves palabras le contó al oído la aventura de aquella noche; y dándole parte de todo su pensamiento mandó poner el coche de mulas en que había venido, y entrando con ellos una criada vieja, mujer muy cumplida de tocas y rosario, de cuyas opiniones y doctrina se fiaban los negocios de más importancia, y en un estribo un pajecillo de catorce a quince años, diestro en las embajadas de amor, cuyas manos eran dichoso paso para cualquier billete porque de ellas con seguridad llegaba a las del galán o dama a quien se dirigía, caminó a la calle de los cristianos modernos, en cuyas casas es más nueva la fe que los vestidos, aunque los hacen cada día para vestir con ellos a los que los pagan tanto más de lo que valen, que si lo consideran, más los desnudan que los visten.

Ya iban los de la máscara desordenados: por aquí dos, por allí cuatro, todos a mudarse hábito, y el pueblo trataba de recogerse. Don Sancho de Villafañe, que era el desposado, que caminaba con su compañero a lo que los demás, encontró el coche, y con la luz de las hachas acertó a ver el rostro de Elena, que de paso le tiranizó el alma con tan poderosa fuerza que, si le fuera posible, siguiera la hermosa forastera y perdonara de muy buenas ganas la boda. Y, sin duda, se arrojara en los brazos de tan loco disparate si no ahogara la prudencia este deseo por entonces, que antes de nacido fue muerto. El prosiguió a su negocio y ella al suyo, que alargando el paso, en breve tiempo llegó a la ropería, adonde entrando en la casa más proveída, sin reparar en conciertos porque entonces, por no detenerse y ganar tiempo quería perder dinero, compró tres lutos que vistieron ella, su hermano y el pajecillo, sin atender a la curiosidad y aseo de que conformasen con los talles de las personas. Volvieronse al coche, que los llevó a las casas del Conde de Fuensalida. Aquí ordenó al pajecillo que se apease y, preguntando por el cuarto del señor Don Rodrigo de Villafañe, entrase en sus aposentos y le dijese que una señora montañesa que acababa de llegar de León para un negocio de mucha importancia y consideración le quería besar las manos; y así, le suplicaba que en todo caso se le diese licencia. El muchacho obedeció, volviendo con muy buen despacho. El buen viejo mandó a otro paje, compañero del que estaba encerrado, que pusiese sillas y saliese con un hacha a recibir visitas de tanta autoridad, y él se incorporó en la cama, dándose prisa a poner los botones del jubón y anudando más el tocador que tenía en la cabeza puesto. Cuando clavando los ojos en la puerta de la pieza vio, no con pequeña admiración de sus ojos y mayor de su corazón, entrar un hombre tan cubierto de luto que pudiera segunda vez retar a Zamora, y después de él, dos mujeres en el mismo traje, aunque el de la más moza representaba mayor dolor porque traía cubierto el rostro con el manto negro y basto, a quien seguía el pajecillo, no menos enlutado y llevándola una falda tan larga que, dejándola caer luego como entró en la sala, ocupó todo el suelo.

Hicieron al enfermo tres reverencias, todas por un compás: la primera, al entrar por la puerta; la segunda, en medio del aposento y la tercera al tiempo de tomar las sillas. Sentáronse las dos hembras y arrimáronse a un lado, descubiertos, los varones, porque pareció convenir así que también Montúfar, que hasta entonces había representado el papel de hermano, le hiciese de criado. El enfermo las recibió quitándose con entrambas manos un bonete de seda que sobre el tocador tenía puesto en la cabeza y diciendo:

—Beso las manos de Vs. ms. mil veces. ¡Oh cuánto me pesa, nobles señoras, del doloroso traje! Díganme vuestras mercedes así la causa de él como la ocasión de venir a hacerme este favor en hora tan fuera de costumbre para las mujeres principales.

Aquí Elena, que sabía que una mujer hermosa tal vez persuade más con los ojos llorando que con la boca hablando, en lugar de razones acudió con una corriente de copiosas lágrimas tan bien entonada, ya alzando, ya bajando; limpiándose ya con un lienzo los ojos por mostrar la blanca mano, y ya retirando el manto porque se viesen en el rostro las lágrimas, que cuando es hermoso tanto obligan a piedad vistas como oídas, que a quien tuviera el pecho tan duro como la condición de un miserable rindiera y le forzara a compadecerse.

Estaba el viejo en éxtasis, y cuando esperaba conocer de dónde traía origen tan desesperado sentimiento, porque el río de los ojos de Elena, que se había extendido por todo el campo de la cara, sufría ya márgenes y se volvía, como dicen, a la madre, la anciana vieja, que le pareció empezar por donde la compañera acababa, acometió con tanto brío que mal año para lo que la otra había llorado al fin, como persona que de muchos años atrás estaba enseñada a hacerlo de sol a sol sin necesidad, advirtió que sería de mucho efecto para el auditorio acudir al ademán de los cabellos, y tirando de unos que ella traía postizos toda la vida para hacer más al vivo semejantes pasos, pareció que los arrancaba a manojos. El muchacho, que estaba detrás de las sillas, cuando le hicieron la seña que entre ellos venía concertada, derramó lo que fue bueno, haciendo todos tres una capilla que se pudiera alquilar, si fuera el tiempo del Cid Ruy Díaz, para plañir los difuntos. El miserable oyente humedeció también la cara, y esforzándose para hablarlas las conjuró por todos los santos del cielo para que, corrigiendo el llanto, le diesen parte de su principio, porque aseguraba, a fe de caballero y honrado montañés, que la menor prenda que por ellas aventuraría sería la hacienda, porque la vida poca que le quedaba con mucha liberalidad la perdería en su servicio, pesándole de no estar en los primeros tercios de la edad, cuando la sangre arde y los miembros se hallan fáciles, para que conocieran en las obras sus deseos.

Oyéronle más blandas, serenaron los semblantes y, pareciéndoles que en el llanto habían andado tan cumplidas como quien ellas eran y que contradecía a buena razón gastar allí todo el caudal porque no sabían en las necesidades que, adelante el tiempo, se verían de esta moneda, demás de que se perdía en la dilación, la vieja, echándose el manto en los hombros porque el rostro venerable obligase más, empezó a orar de este modo:

—Guarde el cielo a V. m., señor Don Rodrigo de Villafañe, y dele la salud que puede, que aunque nosotras le traemos malos instrumentos para tenerla, porque pesares grandes más son agentes que solicitan la muerte, se la deseamos con veras; pero cuando las ocasiones vienen tan estrechas que es fuerza huir, nadie hay que no se arroje por la ventana si no halla cerca la puerta. El caso es apretado y la razón nos avergüenza dando gritos.

Aquí se dio el viejo una palmada y, arrancando un suspiro, dijo:

—¡Plega a Dios que yo me engañe! Es alguna mocedad, o por mejor decir, necedad de las que hace mi sobrino. No querría que por adivino me agotasen. Prosiga V. m. y si puede no pare, hija, porque será darnos muy mala noche.

Cobró con esto Elena un ánimo valeroso y acometíale diciendo:

—Pues V. m. por tantas experiencias conoce sus liviandades y sabe que no tiene ley si no es con sus apetitos desordenados, no se les hará nuevo a los oídos mi caso, porque habrá remediado otros muchos semejantes. Cuando V. m., por mi desdicha, este verano pasado envió a ese caballero a nuestra tierra, me vio en una iglesia, donde si fuera verdad lo que él me dijo los dos nos pudiéramos quedar en ella: yo retraída como matadora y el sepultado como difunto, porque me afirmó que mis ojos habían sido poderosos a quitarle la vida valiéndose del lenguaje común y tretas ordinarias. Siguiome hasta mi casa y, aunque pudiera respetarme por mis deudos entonces, pues en ella conoció la calidad de mi sangre, no quiso. Escribiome, paseó mi calle, de día a caballo y de noche a pie, acompañado de músicos; y al fin, por morir consolado, hizo todas las diligencias posibles como prudente enfermo. Pero viéndose de mí cada día peor acogido y que los ruegos eran de poco efecto, aconsejado de una esclava berberisca que era de mi madre, que vivía entonces, a quien él había ofrecido libertad, fue a cierta huerta donde yo las mañanas del verano solía, como quien tenía el ánimo limpio de sospechas, sola y sin más compañía, ir con ella de la mano a recrearme y, habiéndose encerrado en los aposentos del casero y guarda que la asistía, a quien con cierta industria envió al lugar, no quedando allí sino un muchacho de edad de once a doce años, aguardó a que yo estuviese dentro, y quitándole las llaves, cuando le pareció ocasión, se hizo dueño de las puertas, donde con una daga que me puso a los pechos alcanzó con villana fuerza lo que no había podido con blanda cortesía, para cuyo efecto, cuando me vio rendida, dejó caer la daga en el suelo. A este tiempo volvió el hortelano acompañado de otros y, llamando a las puertas con prisa, él, que temió más a la pena del delito que a la vergüenza de haberle cometido, huyó por unas tapias, dejándose allí las llaves con que el muchacho abrió a su padre y los demás que le acompañaban. Yo alcé la daga y, guardándola, esforcé el ánimo para que en el rostro no se conociese, por la alteración, que estaba disgustada. La esclava, que para dar más colores a la cautela había hecho que me defendía con tanto artificio que se dejó herir en una mano, adonde fue necesario apretarse un lienzo, se llegó a mí y, haciéndose muchas cruces, invocó todo el poder del cielo para que con todas las penas del infierno castigase tan mal hombre. Maldíjole una y otra y tantas veces, llenando su rostro de lágrimas que parecía verdad, aunque yo conocía bien su alevoso pecho ejercitado en traiciones; pero convínome por entonces tomarlo por el precio que me lo vendían. Disimulé todo lo más que pude y volví con ella a mi casa, de donde falto dentro de pocos días. Nunca dije, aunque lo conocí como persona que pisaba sobre la malicia, quién nos había hecho el mal juego; callé sin dar parte, ni de lo uno, ni de lo otro, a nadie en la tierra, librando en el cielo la satisfacción. El se ausentó y mi madre murió sin dejarme más sombra que la de mi tía, que a no tener hijas mozas de cuyo remedio ha de tratar en primer lugar, era bastante arrimo.

Supe que este caballero estaba tan lejos de poner los ojos en su obligación que se casaba; y así, vine con la mayor diligencia que he podido a dar parte a V. m. para que antes que salga de esta pieza me dé para entrarme monja, o en dinero de presente, o joyas que lo valgan, dos mil ducados; porque cuando él esta noche, con gusto de V. m. y todos sus deudos, me quisiera por mujer, diera de mano al ofrecimiento, porque no tengo por seguro hombre tan determinado. Y si V. m. no se resuelve presto iré a poner impedimento, porque según tengo entendido antes de una hora se efectuará el desposorio y no es mi intención perder la solicitud y pasos que, desde León hasta Toledo, con tanto trabajo hemos dado. Y para que V. m. vea el instrumento de la traición y conozca en él mi verdad, esta es la daga que me puso al pecho.

El venerable viejo, que había oído atento y que desde el principio le pareció el caso fiel, cuando vio la daga y la conoció dio en su ánimo entero crédito, donde hizo este discurso:

—Si yo enviase a llamar a mi sobrino y le sacase de entre tantos caballeros, sería dar nota y quizá ocasión de que algunos curiosos le siguiesen, de los que en esta pretensión le han sido competidores; y entendiendo de las voces que han de dar estas mujeres la bajeza de su ánimo, llevasen nuevas a la novia que fácilmente desconcertasen las bodas, perdiendo en una hora lo que con mucho trabajo y costa he pretendido muchos años. ¡Bueno es que quien arrojó al mar, por salvar su persona, las joyas, la plata y el oro, repare en la ropa! He gastado lo más y ¿dudaré en lo menos?; fuera de que la hazaña es muy propia de su corazón y seguramente la creo: no desdice el paño, todo es de un color y de una misma pieza.

Él así discurría, cuando viéndolas hacer ademán de levantarse para ir a ejecutar lo que tenían propuesto, las detuvo, dando al paje la llave de un escritorio de donde sacó la cantidad en oro, en doblones de a cuatro, y se la entregó, contándola Montúfar, que se hizo entregado en ella doblón sobre doblón; con que diciendo que a la mañana se verían tomaron la puerta y, tras ella, el coche, guiando a Madrid, pareciéndoles que si les siguiesen sería por el camino de León.

La huésped del mesón, viendo que no venían a recogerse, quiso reconocer los aposentos; donde hallando encerrado aquel preso de amor y necedad le envió libre, tanto porque le conoció y creyó de él la historia como porque no le faltaba cosa alguna de sus muebles.

CAPÍTULO 3

La hija de Celestina y demás compañeros prosiguen su camino y ella cuenta a Montúfar su vida y nacimiento.

PONÍALES el miedo alas a Elena y sus compañeros, y al cochero cierta cantidad con que le untaron las manos, dándole a entender que para negocio de mucha importancia les convenía pasar a Madrid; y así, más parecían aves por el viento que caminantes por la tierra (el que mal vive no tiene casa ni ciudad permaneciente, porque antes de poner los pies en ella hace por donde volver las espaldas, ganando con uno a quien ofende a todos por enemigos, porque como se recelan justamente de igual daño reciben la ofensa por común; y aunque sea criatura tan desamparada del socorro del cielo que nunca tenga pesar del mal que hace, por lo menos jamás le falta el del temor, considerando cuán graves castigos le están guardados si da en las manos de la justicia. Este oficio miserable, que con tanto estudio y peregrina diligencia infinitos aprenden, de robar lo ajeno, tiene una condición extraña en que de los otros muchos se aparta, y es: que a los demás, lo que ordinariamente los sucede [es que] sus profesores viven tantos años en ellos que, vencidos de la edad, viéndose inútiles para el trabajo, los dejan porque les faltan fuerzas y no vida; pero a este ejercicio de quien vamos hablando, como mueren siempre en lo más verde y lozano de la edad en manos ajenas y con no poco acompañamiento, los que de él se valen déjanlo por falta de vida y no de fuerzas. Hombre, ¿es posible que cuando no tengas ojos para ponerlos en el respeto que a Dios debes, pisando la honra que tus padres te comunicaron, que aunque fuesen de humilde nacimiento, como viviesen debajo de las leyes, sin ofensa de Dios y de su vecino, eran nobles en lo más importante, que quieras más la bajeza de un vicio que veinte años de vida, que los pierdes entre los pies de un verdugo? Locuras tiene el mundo y nadie hay en él tan bien aconsejado que deje de alcanzar su parte; pero esta es, sin duda, la más ciega y a quien aun no ampara ni disculpa la flaqueza natural si no es en el último extremo).

Ellos caminaban, y aunque la hora de la noche pedía sueño, el temor no consentía porque es cama muy dura: sobre ella nadie descansa; al más perezoso inquieta y desvela haciéndole contar igualmente todas las horas de la noche, que aunque sea muy breve, siempre la que no se duerme parece una eternidad. Elena, que quiso divertir a Montúfar para que no se desanimase, porque en los suspiros que iba dando mostraba más arrepentimiento que satisfacción, dijo así:

—Muchas veces, amigo, el más agradable a mis ojos y por esta razón entre tantos elegido de mi gusto, me has mandado y yo he deseado obedecerte, que te cuente mi nacimiento y principios, y siempre nos ha salido al camino estorbos que no han dado lugar; ahora nos sobra tiempo y el que corre es tan triste que necesita mucho de que le busquemos entretenimiento; y porque el que yo te ofrezco sin duda te será muy apacible, por ver si en la mucha ociosidad de esta noche puedo dar fin a lo que tantas veces empecé, prosigo:

»Ya te dije que mi patria es Madrid. Mi padre se llamó Alonso Rodríguez, gallego en la sangre y en el oficio lacayo, hombre muy agradecido al ingenio de Noé por la invención del sarmiento. Mi madre fue natural de Granada y con señales en el rostro, porque los buenos han de andar señalados para que de los otros se diferencien. Servía en Madrid a un caballero de los Zapatas, cuya nobleza en aquel lugar es tan antigua que nadie los excede y pocos los igualan. Al fin, esclava, que no puedo yo negarte lo que todos saben. Llamábanla sus amos María, y aunque respondía a este nombre, el que sus padres la pusieron y ella escuchaba mejor fue Zara. Era persona que en esta materia de creer en

Dios se iba a la mano todo lo que podía, y podía mucho porque creía poco; verdad es que cumplía cada año con las obligaciones de la Iglesia, temerosa de estos tres bonetes que dejamos en Toledo porque de su cárcel salieron a morir mis abuelos, vase a los pies del confesor a referir los pecados de sus amos, de quien siempre se quejaba, porque su persona la justificaba tanto que, si fuera verdad lo que ella al padre de su decía, la pudieran canonizar. Pareció bien en su mocedad; y tanto, que más de dos de las cruces verdes y rojas desearon mezclar sangres ofreciéndole la libertad; pero ella, que con natural odio heredado de sus mayores estaba mal con los cristianos, se excusó de no juntarse con ellos, y así, hizo de esto Firme voto a su Profeta que observó rigurosamente.

»Bajaba a lavar la ropa de sus amos y la de algunos criados de importancia los sábados a Manzanares, río el más alegre de fregonas y el más bien paseado de lacayos de cuantos hoy se conocen en España, en cuya prueba, si fuera necesario y alguien lo dudara, trajera muchos lugares autorizados de poetas. Allí acudían a celebrarla, el rato que podían hurtar a sus amos, todos cuantos esclavos había de sillas en la Corte; y ella igualmente remediaba necesidades con la misma voluntad al de Túnez que al de Argel, aunque a los de Orán parece que con alguna diferencia de más agrado porque tenía deudos en aquella tierra, y aunque no la traían cartas de recomendación ella sabía a lo que debía acudir y así lo hacía con toda diligencia. Túvola tanta en agradar a su ama que, cuando murió, la dejó libre en agradecimiento de que la acabó de criar una criatura con mucha salud después de haber andado en manos de diferentes amas y siempre enferma, y tanto que los médicos desesperaron de su vida. Púdolo hacer ella fácilmente porque los más años, imitando a la buena tierra, daba fruto, que de algo le había de servir la conversación de tanto moro caballero con quien solía emboscarse por aquel soto y quitarse todos los malos deseos. Luego que se vio libre, como para acudir a las necesidades de esta vida, que son tantas y todas tan importunas, quien nace sin renta ha menester oficio, se aplicó al de lavandera; y hacíalo con tan extremada gracia y limpieza que quien no traía la ropa lavada de manos de la morisca no pensaba que podía parecer a los ojos curiosos de tanto cortesano sin vergüenza.

»En este tiempo, que ya ella estaba cerca de cumplir una cuarentena de años, se casó con el buen Rodríguez, aquel mi honrado padre que Dios haya perdonado. Admirárense mucho todos los que le conocían la condición de que hubiese celebrado bodas con una mujer que traía siempre las manos en el agua; pero él se excusaba con decir que al amor todas las cosas le son fáciles. Hízose luego preñada de mí, que por habérsele muerto los demás hijos lo deseaba mucho. El parto fue feliz porque no le trajo la costa peligrosa de dolores y ansias que otros suelen. Ya ella había mudado de oficio, porque volviéndosele a representar en la memoria ciertas lecciones que la dio su madre, que fue doctísima mujer en el arte de convocar gente del otro mundo, a cuya menor voz rodaba todo el infierno, donde llegó a tanta estimación que no se tenía por buen diablo el que no alcanzaba su privanza, empezó por aquella senda; y como le venía de casta, hallose dentro de pocos días tan aprovechada que no trocara su ocupación por doscientas mil de juro, porque creció con tanta prisa este buen nombre que, antes que yo pudiese roer una corteza de pan y me hubiesen en la boca nacido los instrumentos necesarios, tenía en su estudio más visitas de príncipes y personas de grave calidad que el abogado de más opinión de toda la Corte. Y nadie se espantaba de ello, antes todos conocían ser puesto en razón, porque también ella parecía siempre que era necesario en juicio y defendía causas; de tal suerte que en el tribunal del amor no se determinaba negocio sin su asistencia, porque era sujeto en quien concurrían todas las partes necesarias: oía a todos con atención, despachaba con puntualidad y satisfacción de la parte, y al que no tenía justicia le desengañaba luego. Si se prendaba por Pedro y era su contrario Juan, le huya el rostro, avergonzándose infinito de lo mal que en esto proceden muchos juristas. Y así, decía muchas veces:

»—No quiero abarcar mucho viviendo con malos tratos. ¡Hágame Dios bien con lo que lícitamente puedo ganar, que con eso lucirá mi casa y crecerá mi hija!

»Y sobre todas sus gracias tenía la mejor mano para aderezar doncellas que se conocía en muchas leguas, fuera de que las medicinas que aplicaba para semejantes heridas estaban aprobadas por autores tan graves que su doctrina no se despreciaba como vulgar. Y hacía en esto una sutileza extraña: que adobaba mejor a la desdichada que llegaba a su a su poder segunda vez que cuando vino la primera. De modo fue, amigo, lo que te cuento, que sucedió en realidad de verdad que hubo año, y aun años, que pasaron más caros los contrahechos de su mano que los naturales. Tan bien se hallaban con ellos los mercaderes de este gusto [que] parecía que tenía tantas almas como personas con quien trataba, porque se ajustaba tan estrechamente a sus voluntades que cada uno pensaba que era otro él. Como el pueblo llegó a conocer sus méritos quiso honrarla con título digno de sus hazañas; y así, la llamaron todos en voz común Celestina, segunda de este nombre. ¿Pensarás que se corrió del título? ¡Bueno es esto!; antes le estimó tanto que era el blasón de que más cuenta hacía.

»Mientras ella andaba en estos ejercicios el bueno de mi padre acudía a sus devociones sin dejar ermita que no visitase, en cuya jornada, como iba a pie y eran tantas, solo Dios y él saben los muchos tragos que pasaba, haciendo tan largas oraciones que, muchas veces, se quedaba arrobado horas y horas, y aun las noches y días enteros. Pasolo bien mucho tiempo hasta que un muchacho que le andaba a los alcances dio noticia a los demás, y entre otros renombres que le achacaron, el que más le dolió fue Pierres. A los principios de esta persecución que el padeció del vulgo pueril, que suele ser el más desvergonzado y el menos corregible, valiose de una industria, que fue excusarse de las calles principales; pero él hizo obras tales que llegaron a conocerle en los últimos arrabales, donde le cantaban la misma musa. Estuvo muy determinado, casi, casi resuelto a tener vergüenza apartándose de este mal vicio por excusar la afrenta; pero como achaque antiguo y envejecido en la persona, con la edad curose mal, y por más que afirmó los pies volvió a dar de cabeza, sin hallarte remedio los médicos, que con esta enfermedad acabó sus días, con no poco dolor del pueblo que con él se entretenía, en este modo: en una fiesta de toros donde se hallaron los Reyes, entró a romper unos rejones en presencia de los ojos de su dama, por pagarles un singular favor que le habían hecho, cierto príncipe acompañado de más de doscientos lacayos todos de una librea. Entre los que vistió fue uno mi padre; y como él, antes de entrar en la plaza, hubiese acudido a sus estaciones y trajese la cabeza trabajosa, tanto que se había bajado el gobierno del cuerpo a los pies, pensando que huya del toro le salió al camino y se arrojó sobre sus cuernos. Llegaron aprisa para valerle todos, pero ya él había dado su alma a Dios y a la tierra más vino que sangre.

»A todos les pesó y a su amo más que a todos. Al fin, con traerle a casa para que le diésemos sepultura le hicieron pago. Mi madre y yo le lloramos, como cuerdas, lo menos que pudimos, y aun para esto fue menester esforzarnos. Decían unos vecinos nuestros, gente de no mala capa pero de ruin intención, considerando la vida de mi padre, que fue pacientísima, y después la muerte en los cuernos de un toro, que se había verificado bien aquel refrán: "¿Quién es tu enemigo?: el que es de tu oficio". Y sobre esto glosaban otros extendiéndose a muy largos comentos. Nosotros hicimos a todo oídos de mercader, hasta que el tiempo, que olvida las cosas más graves, sepultó esta entre las demás.

»Ya yo era mozuela de doce a trece, y tan bien vista de la Corte que arrastraba príncipes que, golosos de robarme la primera flor, me prestaban coches. Dábanme aposentos en la comedia; enviábanme, las mañanas de Abril y Mayo, almuerzos, y las tardes de Julio y Agosto, meriendas al río Manzanares. Mirábanme, envidiosas, algunas de estas doncelluelas fruncidas y decían:

»—Miren con el toldo que va la hija de Pierres y Celestina.

»Sin acordarse que yo me llamaba Elena de la Paz. Elena, porque nací el día de la Santa; y Paz, porque se llamaba así la comadre en cuyas manos nací, que sacándome después de pila quiso hacerme heredera de su nombre.

»Ellas me cortaban de vestir aprisa, y mucho más los sastres, porque como mi madre se resolviese a abrir tienda, que al fin se determinó antes que yo cumpliese los catorce de mi edad, no hubo quien no quisiese alcanzar un bocado obligándome primero con alguna liberalidad; y fueron tantas las que conmigo usaron, que ya me faltaban cofres para los vestidos y escritorios para las joyas. Tres veces fui vendida por virgen: la primera, a un eclesiástico rico; la segunda, a un señor de título; la tercera, a un genovés que pagó mejor y comió peor. Este fue el galán más asistente que tuve, porque mi madre envió un día, valiéndose de sus buenas artes, en un regalo de pescado que le presentó, bastante pimienta para que se picase de mi amor toda su vida: andaba el hombre loco, y tanto que, habiendo destruido con nosotras toda su hacienda, murió en una cárcel habrá pocos días preso por deudas. Temiose mi madre de la justicia y quiso mudar de frontera. Partímonos a Sevilla y, en el camino, por robarla, unos ladrones la mataron. Y acompañárala yo en esta desdicha si no me hubiera quedado, en razón de venir con poca salud, más atrás dos leguas. Supe la triste nueva de su muerte luego y, sin pasar más adelante, me volví a Madrid, donde te encontré en casa de aquella amiga y me aficioné de tus buenas partes, siendo el primer hombre que ha merecido mi voluntad y con quien hago lo que los caudalosos ríos con el mar: que todas las aguas que han recogido, así de otros ríos menores como de varios arroyos y fuentes, se las ofrecen juntas, dándote lo que a tantos he quitado.

»De allí, como tú sabes, pasamos a esta ciudad de Toledo, de donde volvemos tan acrecentados que si no tuvieras más angosto el ánimo de lo que yo pensé, trajeras mejores alientos. Y porque parece que la conversación ha sido salsa que te ha hecho apetecer el sueño, sosegando algún tanto la inquietud de tu espíritu, reclínate un poco y reposa, considerando que todo lo que el miedo es bueno antes de cometer un delito, porque suspende la ejecución de él, es malo después, porque turba al culpado tanto que suele, en vez de huir de quien con diligencia le busca, ponerse en sus propias manos.

CAPÍTULO 4

No puede dormir Montúfar aunque lo procura, y por pasar la noche con menos disgusto refiere de memoria dos curiosos papeles de la madre y el marido.

—Dormir será ya imposible —dijo Montúfar—, hermosa y cortés Elena, hasta que rendido del cansancio y larga noche cierre los ojos cuando los abre el día, que entonces vendrá la hora más cierta de mi quietud. La plática ha sido entretenida y la habilidad de mi honrada suegra, madre y señora tuya, es digna de alabarse entre todas las graduadas de su facultad. ¿Es posible que tuvo fin tan arrebatado mujer de tantos méritos y que tú estés tan consolada habiendo perdido en ella tan buen arrimo y consejo? ¡Oh, qué pobre está el mundo de buenas habilidades y qué acabada la facultad de naturaleza!, pues ya apenas en todo el reino, aunque la busquemos con mucho cuidado, hallaremos una mujer en quien concurran todas las partes y calidades que en tu buena madre. Pienso que aquella Celia, celebrada en la Corte tanto de todos y ya conocida en España por aquellos tercetos en que escribió su vida un liberal ingenio, no la igualó; y porque sé que tú y Méndez ha muchos días que deseáis oír los hechos de esta mujer ilustre, en lenguaje medido, dulce y sabroso por la armonía de los consonantes, os la referiré sin mancar los versos ni cometer adulterio contra el casto lenguaje de su primer autor; que si la memoria usa conmigo en esta ocasión el buen término que otras veces, vosotras quedaréis muy servidas y yo rico de alabanzas. Dice así:

LA MADRE

Siete años cumplió Fabia; al rostro Celia, su madre, aplica sucio afeite y torpes artificios al cabello

para que ocupe con el vil deleite a los ociosos ojos del mancebo, que solo con mirarla se deleite.

La simple juventud, que atiende al cebo de la ramera en flor, por su hermosura se atreve a despreciar la luz de Febo.

Doce años contaba la criatura cuando se halló hecha dueña una mañana, que todo fue acertar la coyuntura.

En la noble moneda segoviana cobró de su vertida sangre el precio por emular los pasos de una hermana.

Tres años la adoró el amante —necio era y genovés parece engaño—: nunca pudo tener amor tan recio.

Jamás en su poder se vistió paño ni en la calle se vio sin coche un día, haciendo iguales todos los del año,

porque con la ocasión siempre salía aunque no fuese más que a ser mirada o a visitar la casa de una tía.

Era la tía cosa muy honrada, paréceme que ahora la estoy viendo de venerables tocas adornada.

Aquí se fue la venta repitiendo de la enmendada virgen cuatro veces, al apetito bárbaro mintiendo

—que los que de esta causa se hacen jueces siempre suelen errar en el derecho y aprecian por buen vino sucias heces—.

Creció la opinión más, creció el provecho; solo en su tribunal hablaba el oro, a quien trataban como amigo estrecho

—¿piensas, tacaña vieja, que yo ignoro tus tretas, tus trapazas, tus engaños? ¡Mejor te arrastre por la plaza un toro! —.

Fue mujer de negocios veinte años. Enriqueció en el trato de las hijas mejor que [en] el de las sedas y los paños.

Dos de ellas pasó a Italia —no te aflijas, vieja, porque lo cante yo a la gente; véngate en tus cadenas y sortijas—.

Estas enriquecieron brevemente porque pusieron precio comedido, estimando el dinero en cualquier gente.

Desterraron los celos, el olvido, el desdén, el agravio y la ausencia por antiguo lenguaje no entendido.

Mandaron que se hablase en su presencia bordados, plata, perlas y diamantes: lenguaje de más gala y elocuencia.

Y como las que no eran ignorantes, con un alma traidora se reían de la curiosidad de los amantes.

Zurda la condición siempre tenían, y, con ser deshonestas, si miraban a la verdad desnuda se ofendían.

A su madre suspensas escuchaban; cátedra de maitines les leía, que allá a la media noche se juntaban.

—Hijas amadas —con la voz decía, tal vez blanda y suave y tal conforme la ocasión la requería—,

pobres nacisteis, aunque ya pudiera haber crecido vuestra suerte tanto que a la envidia en cuidados la pusiera.

Mas, ¿de qué sirve renovar el llanto, pues que de él no se obliga la fortuna y deja en nuestros miembros el quebranto?

Variable al fin, persigue e importuna al que en naciendo se mostró risueña, revocando las leyes de la cuna.

Este estado mendigo nos enseña a respetar lo útil del dinero forzando el alma a condición de peña.

Advertid este punto lo primero, que en él consiste toda la importancia: ¡a fe que es el consejo verdadero!

Jamás os persuada la ignorancia que puede haber amor donde hay pobreza, ni que puede haber mal donde hay ganancia;

la abundancia alivia la tristeza: sabed que es poderosa medicina para todos los males la riqueza.

¡Qué bien que alega esto Celestina! Si ella lo dijo bien, mejor lo siento: yo soy la que comenta su doctrina.

La lección de ventana dar intento; advertid que no digo razón vana: todas llevan seguro fundamento.

Cuando alguna se pone a la ventana ha de estar bien [co]locada y bien vestida, diciendo el traje: dama cortesana.

Si pasa algún mozuelo que a la vida la hace fiesta perpetua sin hacienda, póngase luego triste y divertida

para que de este modo no se ofenda de que no se le haga cortesía, y que ha nacido del dolor entienda;

porque aunque él la haga grande, yo querría se le pague inclinando la cabeza, mostrando en el semblante el alma fría.

Mas si acaso os mirare con terneza algún hombre más cuerdo y hacendado, aunque le falte al traje la limpieza

bien podéis con semblante mesurado hacerle reverencia cortésmente, pero no con lisonja ni cuidado.

no estiméis sombreradas de valiente, que a vosotros no pueden agraviaros como hagáis vuestro oficio honradamente.

Si algún señor viniere a festejaros, algún mercader grueso, y por la calle tratare de serviros y agradaros,

con los ojos riendo habéis de hablarle, besarle la mano haciendo reverencia y hasta las necedades celebrarle.

Esto es lo que me dicta mi conciencia; bien podrá ser que tenga algún engaño, pero será por falta de ciencia.

Vámonos al estrado; aquí es extraño el estilo: bien sé que es ingenioso, que me costó de estudio más de un año.

Si entrare un mancebito peligroso, habladle en pie porque esperáis visita; pedid perdón diciendo que es forzoso.

Si fuere el hombre rico, este se admita para darle una silla brevemente, que para todo el oro le habilita.

Si es grueso mercader o un excelente príncipe, bien podéis, en el estrado, sentarle en una almohada afablemente.

Encarecedle que le dais el lado diciendo que con él se rompe todo porque el saber quién es os ha obligado;

para que él se disponga de este modo a daros por esclavo a su dinero porque la obligación le da del codo

pero si con semblante lisonjero os quisiere pagar con dos razones, limpiad la casa de este majadero;

porque no pueden tales ocasiones sacar a las mujeres de lacería cuando hay tanta pereza en los doblones.

Nunca os empeñéis mucho en esta feria, que si no es con amor extraordinario hace pocos milagros la miseria.

Pero si luego fuere tributario, podéisle permitir que os quite un guante, y no le culparéis de temerario

aunque con muestras de rendido os intente besar la blanca mano; pero no ha de pasar de aquí adelante

si no es que de galán y cortesano le ofrezca las sortijas que trajere diciendo: gana ella y yo gano;

que entonces bien podrá, si él lo quisiere, beber de vuestros labios el aliento, porque de lo demás el fruto espere.

Mas no le deis el último contento hasta que hayan pasado algunos días, que no es este el menor merecimiento.

Y si te saben bien las alegrías y quiere amistad larga, haya escritura pidiéndole cien mil supercherías:

hasta que llegue a tanta desventura que, oliendo a pobre, que es peor que a muerto, el olvido le de su sepultura.

Lo que voy a decir es lo más cierto: triste de la que aquí se divirtiere cuando negocios de importancia advierto.

Si algún varón de iglesia se ofreciere, que destemplando a la razón su vició en la torpe lujuria se perdiere,

estos los hombres son que yo codicio, que solo sabe bien quien le ha gozado cuán sabroso es el pan de un beneficio.

Cura le halléis o ya beneficiado, no despreciéis beneficiado o cura, pues que es de todo el pueblo respetado.

Aquí de sed, de hambre está segura la mal sufrida gula: no ha vivido en su barrio jamás la desventura.

Y como aquesta gente siempre ha sido tanto en simiente humana poderosa que el linaje del hombre han extendido,

por esto su amistad es más golosa, porque, estando presente el heredero, es perpetuar la suerte venturosa.

Y si llega a morir, del pueblo entero es la viuda del cura respetada porque le quedan arcas de dinero;

no como acá la triste desdichada cuyo marido se murió en la guerra, que le deja la herencia en una en una espada.

¡Grande misterio, gran secreto encierra cuando traen tres hermanas compañía, qué, un pueblo dividido siempre yerra!

Hacen ganancia de mayor cuantía; más que fulana suena las fulanas: tan necia es la vulgar bisoñería.

Son la hermandad de amor tales hermanas, que prenden con cuidado y diligencia siendo ellas salteadoras inhumanas.

¡Qué bien lograda que veré mi ciencia si consejos tan graves y prudentes me los agradecéis con la obediencia!

A deudos no escuchéis impertinentes, porque para comer en esta vida es mal juro el honor de los parientes.

Excesos de merienda o de comida jamás pidáis por paga: al bel dinare mostrad la voluntad agradecida.

Necia será la tal que se pagare de abundancia en vestidos: pocos tenga, renueve cuando el uso renovare.

Todo el mayor caudal se le entretenga el eterno metal que llaman oro: a él, con sus deseos, vaya y venga.

Y por las tristes lágrimas que lloro —dijo y humedeció la vieja aleve, para moverlas a mayor decoro, *el arrugado rostro—, que no debe ninguna mujer sabia despreciarle: necia es la que sin él sus plantas mueve;*

como a sangre más cierta habéis de amarle pues se convierte en ella cada día, y como a poderoso respetarle.

Que me sangrasen yo permitiría de cuantas venas tengo: solamente de la vena del arca no querría.

No respondáis jamás a amante ausente si todas cuantas cartas os enviaré no traen el sobre escrito con presente.

Reíos del rendido que llorare mientras no fuere el llanto del Aurora y aquellas ricas perlas derramare;

que yo, por ver llorar a esta señora, deseo me amanezca en un desierto: ¡por vida de aquesta alma pecadora!

Lo demás es dudoso; aquesto es cierto; esto habéis de seguir, que es la luz clara que os llevará seguras hasta el puerto.

Así la predicante vieja avara secta de Celestina introducía, mostrando sus deseos en la cara.

Fabia a su vieja madre obedecía, guardando allá en Italia las ausentes esto que en cien mil cartas refería.

Hasta que al fin, con tiempos diferentes, vuelven a España con mayor riqueza que hasta hoy trajeron españolas gentes.

Viendo la astuta Celia la torpeza de sus deseos, a sus pies pasada, y que la edad la andaba la cabeza;

temiendo que la hora era llegada en que sus huesos se verían dolientes sin la piel asquerosa y trabajada,

buscoles tres maridos obedientes entre hombres pacientes de la casta, que ya también hay casta de pacientes.

A Fabia casa por honesta y casta, y a las demás dotando ricamente en celebrar los desposorios gasta.

Y sin que con voz triste y penitente contar pudiese su maldad perjura, se murió una mañana de repente. Y este epitafio honró su sepultura: "Celia soy, mucho viví, por amantes abo-

gué, báculo de oro llevé en los más pasos que di. De tres hijas que parí puse el casto cuerpo en precio. Llevome un mal breve y recio a los ínfimos lugares. Pasajero, si llorares tendrate el diablo por necio".

Con tan desenvuelto espíritu y acciones libres, naturales del efecto que la materia pedía, refirió Montúfar estos versos, que se les dio general aplauso; y tanto, que él quedó bien satisfecho de su trabajo y al mismo precio los dijera infinitas veces. Celebrose mucho el ingenio que hizo la fábrica y preguntaron con notable cuidado Elena y Méndez si era vivo, ya temerosas de su pluma, y aun si fuese posible, buscar medios para granjear su amistad.

—¡Cómo es eso! —respondió Montúfar— Vivo está y con tan buenos aceros que ha no muchos días que envió esta epístola consolatoria a la viuda de un buen hijo, persona tan principal que de doce signos que hay en el Zodíaco tenía con tres estrecho parentesco, que son: el carnero, la cabra y el toro. Escuchad, que pues la noche da lugar para todo, mientras el sueño no llama diré hasta donde se me acordare. Y advierto que no haré ofensa ni formaré queja de que, si se os ofreciere, entre terceto y terceto deis una cabezada, porque, además de que yo no soy el autor, sé y conozco muy bien

que necesidad obliga a lo que el hombre no piensa.

Ahora quiero barrer la garganta primero y quitarle ciertos estorbos a la voz que la embarazaban el paso. ¡Dadme lugar por esa ventana izquierda del coche! Parece que con haber arrancado esta pesadumbre quedo con más descanso y podré empezar así:

EL MARIDO

Cuanto perdiste en el primer marido, oh Lysis, que al segundo casamiento con injusta razón te has atrevido,

considéralo ahora en el tormento de aquesse celador impertinente que adúltera te juzga con el viento.

No es aquesto lisonja, ni consiente mi pluma adulación: muy bien podía combatirse con todos frente a frente.

Como era el hombre cuerdo, no creía que el honor en muje-res estuviese: que mal de estos escrúpulos sentía.

Tenía por opinión que se le diese la mujer al amigo y no el dinero si entrambas cosas menester hubiese.

No iba por el camino carretero a ganar la corona de pacien-cia, que fue de esta virtud gran jornalero.

¡Qué de cosas descubre la experiencia! Esta razón mil veces me decía, que era estar muy profundo en la prudencia:

—Si a mi mujer la llamo prenda mía y es verdad que lo es, ¿quién a una prenda, cuando hay necesidad, no empeñaría?

Que he de empeñarla y aun venderse entienda, porque mien-tras estoy necesitado ella no es mi mujer sino mi hacienda.

Con injusta razón seré culpado, pues si es mi carne, de mi carne como, que bien sé que en aquesto soy letrado.

Este consejo le celebro y tomo, que tanto valen de oro las ra-zones cuanto imitaren en el peso al plomo.

Porque no se me quede entre renglones, con él me pasó un cuento cierto día, testigos fueron unos socarrones.

Sangrado y melancólico venía; pregunté la ocasión y, alzan-do el grito, me dijo, como aquel que lo sentía:

—¡Hanme sangrado! Siéntolo infinito porque la sangre fue tal y tan buena como se la sacaran a un cabrito.

—Hombre de bien, pues ¿eso te da pena? Sacáronte la san-gre que tenías; no es culpa del barbero, ni la vena

—dijo un bellaco—. Oyó sus groserías, más era él muy hu-milde y no estimaba del siglo las caducas fantasías;

antes con lo que a todos engañaba era (tú no lo ignoras) la simpleza que en los hechos y dichos afectaba;

pues para desmentir a su torpeza, recogido a tratar de hipo-cresía, mañana y tarde suspirando reza;

57

que la necesidad le persuadía (que sabe ser retórica elocuen-
te) más bestiales delitos cada día.

No tengas por enfado que te cuente las gracias del marido
que perdiste, aunque las sabes tú bastantemente.

¿Cuándo su rostro disgustado viste porque de noche te tar-
dabas, o porque la licencia no pediste?;

antes él te alumbraba la escalera, o a la puerta de casa te
esperaba si no es que justa excusa le viniera:

que tal vez una amiga no faltaba que, aunque volverte a casa
tú quisieses, ella te lo impedía y estorbaba.

Y aunque un mes ni dos no parecieses, aguardaba con gusto;
y aguardara no solo dos, más todos doce meses.

Y todo a fin que el mueble se aumentara, porque la copia en
bienes diferentes descanso a la vejez asegurara;

que entonces, aunque son menos los dientes, más falta hace el
sustento: que hay encías más duras que un enojo entre parientes.

Porque cumplieses lo que prometías, salir del lecho con la
aurora hermosa ¡qué de mañanas, Lysis, le verías!,

para que tú anduvieses generosa del tesoro que encubre tu
belleza, a un tiempo codiciada y codiciosa

Fue una tarde a mi casa y la tristeza me le mostró el semblan-
te mesurado; descubriome la causa con llaneza:

—Tiéneme mi mujer desesperado —dijo—, porque me tra-
ta como a un perro enterneció el semblante el mal logrado—.

—Yo soy de los que llaman al encierro porque a ella no la sé
dejar cerrada: arrepentido estoy de tanto yerro.

De las ganancias que hace la taimada puso hoy en su cabeza
un juro. Es loca; anduvo en esto mal considerada;

a ira la memoria me provoca, pues, porque para mí se lo pe-
día, se arañó el rostro y se rompió la toca.

juros y cuernos es su mercancía: pero los juros pone en su cabeza y los cuernos se asientan en la mía.

Sobró aquí la verdad y la llaneza, que no pensé que fuera a un tiempo mártir y confesor con tal simpleza.

Yo, que vi que no hablaba solecismo, tal nombre le llamé toda mi vida y olvidé para siempre el del bautismo.

Su voz desconsolada y afligida me parece que escucho, y que le veo con la cabeza floja y oprimida.

Respondile enojado: —No lo creo. Hablaste con la ira demasiado. ¡No deis tantas licencias al deseo!

Vuestra esposa es honrada y vos honrado. Busca ella como puede la comida, y esta, gracias a Dios, nunca ha faltado.

Siempre la veis tocada y bien vestida. Y a la mi fe, compadre, esto es la honra: que es todo lo demás honra podrida:

¡miserable de aquel que todo se honra con poner treinta llaves a su casa si al fin padece el vientre la deshonra!

La voz del pueblo como viento pasa; lo que padece el cuerpo es lo que siento con la porción de la fortuna escasa.

Mucho me celebró este pensamiento, y humilló la cabeza aunque pesada; que fue la explicación de su contento

que a cualquier hombre en su ejercicio agrada, aunque él vil le confiese, que el tercero responda en su favor con voz airada.

Jamás con las holguras fue severo, al mismo regocijo parecía: humano en todo, en nada carnicero;

aunque cierta persona me decía que por ver unos toros caminaba catorce o veinte leguas en un día.

De que los maltratasen se alegraba: contra la caridad grave pecado porque del mal del próximo se holgaba.

Era sabrosamente regalado de los frutos de Vaco; no ofrecía dineros ni apetito limitado:

antes en anchos cántaros bebía el sagrado licor y en las entrañas espacioso hospedaje prevenía.

Sabía ciertos cuentos y patrañas para contar las noches del invierno mientras asaba el fuego las castañas.

Dicen que le alteraba el son de un cuerno más que la caja, más que la trompeta y que la voz del músico más tierno.

Por natural inclinación secreta tuvo su casa llena de pinturas de la mano más prima y más perfecta.

No encerraban bellezas ni hermosuras: antes de humanas formas se reía; todas eran boscajes y espesuras:

quizá ver retratada pretendía la habitación de aquellos animales a que tanto en las armas parecía.

Cuando aquella que hace en los mortales verdadero este nombre con su efecto llegó con una fiebre a sus umbrales,

hizo que me llamasen y, en secreto, me dijo qué memoria dejaría digna de hombre católico y discreto.

Yo respondí que a mí me parecía que, pues no era Zúñiga ni Castro, ni sangre de los godos conocía,

que en vez del mármol, bronce y alabastro, renta a dos capellanes señalase, y estos fuesen canónigos del Rastro.

Y díjele que al tiempo que acabase (merezca yo que aquesto se me crea) así mirando al Cristo razonase:

"Porque la fuerza de mi amor se vea, como el ciervo desea las corrientes, así, señor, mi alma te desea."

Persuadile dejase a sus parientes dos dotes que sirviesen, cada un año, para casar dos huérfanos pacientes.

Y que si por desdicha o grave daño tal gente a su linaje le faltase, que no permita Dios mal tan extraño,

estos en su parroquia los buscase, y haciendo informaciones de limpieza, en fe de su paciencia, los casase.

LA HIJA DE LA CELESTINA

Y pues daba principio a su nobleza, y mejor que no todos sus pasados él era solamente su cabeza,

no hiciese a nadie manda por ducados: sino la cantidad que le dejase toda fuese en moneda de cornados,

para que de este modo eternizase su memoria en el nombre del dinero y de aqueste papel no se borrase.

Todo esto escuchó como un cordero sin consentir color en su semblante que anunciase el dolor del mal postrero.

Con esto proseguí más adelante viendo que hacer un vínculo intentaba en su hijo mayor el estudiante.

Alabele el intento que llevaba más que si hacerle honrado pretendía. Esto mi fiel discurso aconsejaba:

—Compradle —dije en la carnicería unas casas que salen a la plaza, que estas son las que yo vincularía:

que hombre de esa cabeza y esa traza siempre debe buscar cosas de peso si algún consejo ruin no le embaraza.

Esto no han de juzgarlo por exceso los que vuestra persona han conocido, que todos saben parte del proceso.

Vos sois el carnicero que ha vendido la carne más liviana de la tierra y con aquesto habéis enriquecido;

porque es engaño grande aquel que encierra comprar, en vez del peso, por el ojo, que entonces quien más sabe es quien más yerra.

Según esto, no es bárbaro mi antojo: que hagáis vuestro solar en esta casa y le ofrezcáis por víctima y despojo.

Aquesto es la verdad, aquesto pasa. A mi casa volví. Murió al momento. Diéronle de marfil la postrer casa.

Después tuve de esotro casamiento, oh Lysis, nuevas ciertas de un vecino, el cual me ha celebrado todo el cuento.

Dícenme que es un mozo granadino pequeño, avalentado y receloso, más inquieto que rueda de molino.

Préciese cuanto él quiera de furioso, que si él sus manos pone en tu cabeza, tú le pondrás el ramo poderoso.

Y porque del difunto, la estrecheza dentro del alma, la memoria dura, te envío este epitafio con llaneza; acompaña con él su sepultura:

"Pasajero, has de advertir que es de Ardenio este lugar; que para lo que es callar no había menester morir.

Aunque no era caballero, con sus armas se ha enterrado. Llora, que el Rastro ha llorado que fue presto al matadero."

Hasta aquí fue señor y entero dueño de toda la conversación Montúfar; cuando Elena, agradecida al buen donaire y ya más contenta de verle con mejor ánimo, le pidió diese alguna parte al sueño de sus pensamientos, porque ya a Méndez la habían llegado muchos embajadores; y tantos, que por más que se defendía era fuerza rendirse a la voluntad de tan poderoso brazo. Negoció con facilidad lo que lo que propuso, porque no habiendo boto en contrario, como todos conformasen con su parecer, el coche quedó en silencio; y tanto, que de todo punto fuera mudo si las ruedas no hicieran su oficio.

CAPÍTULO 5

Vese la hija de Pierres y Celestina en peligro de pagar con la vida el hurto y librase por su hermosura.

YA MONTÚFAR dormía, y el alba despertaba tan bella que el ave, la flor y la fuente la saludaban cada una a su modo: el ave cantando, la fuente riendo, la flor y la planta comunicando el aire más vivo olor; cuando allá el desposado, cansado de la noche y más sobrado de mujer de lo que él quisiera, deseaba huir la compañía y la cama. Apretábanle mucho los deseos de la forastera hermosa, que la imaginación más perfecta se la pintaba mientras más en ella discurría, haciendo agravio y bien grave ofensa a su esposa por ser mujer que podía pretender lugar entre las que mejor en la ciudad parecían. Y se le daban de justicia; tanto, que el tiempo que se pudo dejar servir honestamente despertó muchos cuidados, llevándose las voluntades de hombres cuyos corazones altivos siempre se ocupaban en los mejores sujetos. Y alguno de ellos siguió con tan fiel espíritu esta carrera que, en aquel tiempo, suspiraba por la posesión que don Sancho aborrecía. ¡Qué de faltas tiene este ídolo de la naturaleza, este rapaz que se ha usurpado, siendo tirano, el nombre de amor! No sé cómo hay en el mundo quien le mire a la cara, admitiéndole en sus conversaciones siempre la gente más principal. Y no es la menos importante esta de no conformar voluntades: el otro suspiraba por la desposada, ella por el ingrato que tenía al lado, a quien amaba con verdad de corazón y le había conocido la tibieza de la voluntad, y él por la fugitiva Elena. Y entre los tres, quien justamente merecía grave pena era el triste, el infeliz don Sancho, pues pudiendo descansar en los honestos y hermosos brazos de su mujer codiciaba los de una vil ramera que había sido y era pasto común.

Tan torpe es la condición de nuestro apetito que, aborreciendo el manjar limpio y saludable, jamás se ve harto del más dañoso y grosero. Sírvenle al otro príncipe platos de tanto regalo y curiosidad que solo su olor consuela de tal suerte el olfato que, cuando no trajeran otra salsa sino esta, bastaba para poner alientos a los que ha cien años que están debajo de la tierra; y después de haberlos mirado con mucho desdén y probándolos con más ansias y melindres que una preñada primeriza, manda que los levanten y le suban la chanfaina que está aderezada para que coman los criados. Y da tras ella con tan buen ánimo que parece arriero que, después de haber caminado desde que se rió el alba hasta las nueve o diez de la noche sin comer más de lo que almorzó, se sienta a cenar en la posada tan cansado y hambriento que corren peligro los huéspedes si no le acuden con puntualidad y abundancia. Todo este mundo está lleno de malos gustos, y el peor es el de los señores, porque como les sobra el bien le desprecian y buscan el mal a costa de muchos pasos, a fuerza de infinitos dineros y a importunación de prolijos ruegos; permitiéndolo así el cielo porque, fuera del pesar tras quien se afanan, no le tengan menor en el cansancio con que le solicitan. ¡Hombre miserable que pierdes la ocasión de ser el más dichoso de la tierra; tú, a quien dio el cielo las dos mayores comodidades, las dos más grandes ventajas que puede tirar el gusto humano, como son larga hacienda y mujer propia que te iguala en la calidad, hermosa en las partes del cuerpo, discreta en las del alma; y en las unas y en las otras a tu satisfacción y a la de los ojos de tus vecinos, que siempre en esta materia ven más que los tuyos; honesta y vergonzosa, ¿qué buscas? si tienes dentro de tus puertas, debajo de tus llaves, para el alma entretenimiento, para el cuerpo deleite, seguridad para la honra, acrecentamiento para la hacienda, y al fin, quien te dé herederos que en la mocedad te entretengan, en la vejez te sirvan y respeten y, después de muerto, te honren con sus virtudes tanto que, viviendo en ellos tu nombre, se halle tu sangre mejorada! ¿Sabes, por tu vida, a dónde vas? Pues espérate un poco; oye, que no seré largo: a quemar tu hacienda, a echar por el suelo tu reputación, a volver las buenas voluntades de tus deudos y amigos espadas que deseen bañarse en tu sangre. ¿Que fías en tu mujer porque ahora es santa y virtuosa?

¡Ay, qué poco le debes a la experiencia! ¡Mal conoces las flaquezas de nuestra naturaleza miserable! Amigo, el caballo más bien castigado, el que se a llevado en fiestas públicas los ojos y las voluntades de la plaza, si sube en él un mal jinete que a un mismo tiempo le tira la rienda a dos manos y le clava las espuelas con dos pies, arroja coces y no para hasta tenderle por el suelo con vergüenza suya y risa de los ojos que le ven. La mujer honesta, la de más buen ejemplo, si la ponen ocasiones apretadas se cansa, si no en esta en aquella, y si no en aquella en la otra, y dando corcovos corre desenfrenada y no para hasta dar con el marido y su honra por uno y otro despeñadero, sin dejar barranco adonde a él y a ella no los arrastre. Verdades he dicho y muchos me oyen. A quien bien le parecieren cárguese de ellas y provea su casa, que yo de balde las ofrezco.

El reloj dio las diez del día cuando a don Sancho le metieron a la cama un papel de su tío en que le refería el caso de la noche pasada, y cómo estaba desengañado de que no tenía culpa; porque aquellas mujeres, después de haberlas buscado personas de mucho cuidado por el lugar desde que amaneció hasta aquella hora, no parecían en ninguna posada ni mesón; y así, le pedía que le hiciese placer de despachar uno de sus criados en busca suya por el camino de Madrid, porque por todas las demás partes, sino era esta, habían salido personas de confianza.

Don Sancho, que era mal sufrido y se sintió tocado en la parte más dolorosa, ya agraviado de la burla, ardiendo en justo coraje, ya pesaroso de la hacienda perdida, pidió de vestir con muchas voces y, contando brevemente a su mujer y cuñados que habían robado a su tío la noche pasada unos ladrones, sin decirles el modo aunque la cantidad sí, mandó que le buscasen postas; y sin ser bastantes los ruegos de todos los presentes a detenerle, comiendo un bocado, después de haber tomado del pajecillo de su tío, que fue el que alumbró a Elena al apear y al subir del coche, así las señas de él como las del cochero, se puso a caballo con dos criados a quien él tenía por hombres seguros para cualquier ocasión peligrosa y corrió la posta camino de Madrid.

Iba tan divertido de la ira, tan sujeto al deseo de la venganza que no se acordaba de Elena; hasta que después de haber corrido seis leguas, al mudar otra vez la posta, como ya estaba más gastado el enojo y se le había aflojado un poco la pesadumbre, tuvieron lugar otros pensamientos de hacer su oficio: vio en ellos tan hermosa y agradable a su forastera que mil veces quiso volver las riendas a Toledo; y decía estas razones consigo a solas:

¿Es posible que soy tan tirano de mi propio gusto que, al tiempo que mis pies se habían de ocupar en buscarme este bien que tanto deseo, voy huyendo del lugar adonde le vi? ¿Que sería triste yo y mil veces miserable si aquel ángel a quien di el alma, como era mujer forastera, no estuviese en la ciudad cuando yo volviese; justamente pagaría este mal consejo con dar desesperado fin a mis verdes años? ¿Qué me suspendo tanto en esta consideración? ¿Qué pretendo en la dilación? ¡Volvamos, volvamos y sea luego! ¡Oh posta, y qué cierto es que si como corres con largo paso fueras tan veloz que usurparas su vuelo el águila, me avías de parecer en esta ocasión perezosa! Mas ¿con qué reputación puedo, sin llevar ninguna razón de lo que salí a buscar, parecer a los ojos de aquellos contra cuya opinión intenté esta jornada, desando que de mí se burlen unos ladrones que, por camino tan nuevo que no se sabe otro ejemplar, robaron la casa de mi tío y desacreditaron mi reputación?

Esta batalla tan sangrienta se daba en el corazón del pobre mozo cuando, antes de llegar a Getafe, descubrieron el coche de Elena los criados que del muchacho habían tomado las señas puntuales y empezaron a decir:

—¡Albricias, albricias, señor, albricias! ¡Aquel es, no hay duda! ¡Es, por Dios, lo que buscarnos!

—Miradlo bien —dijo él.

—No hay qué mirar —replicaron.

—Malo está de conocer —respondioles don Sancho—. ¡Pues caminad más y tenedle!

Obedeciéronle, haciendo parar el coche con no poco ruido poniéndosele delante con las espadas desnudas, diciendo:

—¡Por Dios, señores ladrones, que han echado mal el lance! ¡Caído han en el lazo!

Alborotose el cochero y más Montúfar, a quien Elena hizo quitar del estribo; y poniéndose en él para el remedio de tanta turbación vio que ya venía don Sancho, que llegaba con la daga desnuda con intento de herir con ella a quien hallase más cerca; pero ya que estaba junto, al tiempo que alzaba el brazo para ejecutar el golpe, reconoció los ojos que le habían vencido y, lo refrenando la mano y dando lugar a la vista que de espacio examinase la verdad de aquel rostro y viese si era el que tanto amaba, como de repente le había parecido, como se afirmase segunda vez y reconociese ser así, pensó que sus criados se habían engañado, porque siempre, de la cosa más amada, presume el amante inclinaciones honradas y nobles respetos. Y como si él conociera a Elena por persona abonada desde el día de su nacimiento y no fuera posible en este mundo que mujer de tan buen talle fuera ladrona, como verdaderamente lo era, arrojando la daga y desnudando la espada dio tras ellos diciendo:

—¡Pícaros, hombres viles! ¿No os dije antes de llegar a este coche que miraseis bien si era lo que se buscaba? ¿Por qué no lo considerasteis, locos? ¿Por qué quisisteis que diéramos de ojos en tan vergonzosa afrenta?

Como no traían otro testimonio más autorizado que las señas que habían recibido del pajecillo y viesen la rara belleza de aquella mujer, que a todos obliga un rostro hermoso y más cuando el sujeto es peregrino, dándose por vencidos y volviendo las espadas a su lugar les pareció que sin duda se habían engañado, y que su amo tenía razón culpándolos justamente y haciéndoles de cortesía el no cortarles las caras y romperles las cabezas.

Don Sancho pidió a Elena perdón, contando la causa del atrevimiento de sus criados, suplicándola considerase cuán fácilmente se engaña una persona, y más apasionada.

—Mire V. m., señora —prosiguió diciendo—, a lo que está sujeta la gente principal en el mundo, pues si yo no vengo aquí acompañando a estos alborotaran ese lugar primero y, valiéndose de los recaudos que traen, vuelven a V. m. presa a Toledo por ladrona. Bien creo yo que V. m. lo es, y tanto que, por vida mía, que no jurara en su abono: ¡pero de voluntades y corazones!, que de tan bello rostro más lícito es presumir que roba almas que dineros.

Elena agradeció al cielo que la hubiese dado tan buena cara que ella sola bastase a servir de disculpa de todas las obras malas que hacía sin traer más testigos en su descargo, y quietando su espíritu, satisfecha de que los mismos que habían venido a buscarla la desconocían, respondió con mucha modestia palabras breves, porque quien mucho se disculpa cuando nadie le acusa abre la puerta a toda mala sospecha y mala presunción.

Don Sancho se admiraba de ver por el camino tan extraño que había hallado que él tan injustamente firmaba "su bien", y loco decía que sin duda las estrellas le querían dar ocasión de quedarles agradecido toda su vida en aquellos amores, pues le recibían con los brazos abiertos, guiándoles ellas para que los hallase y trayéndole como forzado, pues tantas veces quiso volverse a buscarlos donde era fuerza perderlos para siempre. Preguntole su nombre y en qué barrios de Madrid se aposentaba, porque iba con intento de serla muy gran servidor si su merced le daba licencia. Ella le dijo que estimaba en muy mucho la merced y, mintiéndole en el nombre y la casa, asegurándole que llegados que fuesen allá se hablarían más largo, le pidió prosiguiese su jornada y no tratase de querella acompañar, porque era mujer casada y la esperaba fuera de Madrid su marido en un coche de rúa; y, demás de esto, no se fiaba de los criados que traía al lado.

Diola crédito y, pareciéndole que las razones obligaban, contentándose con aquel breve rato por buen principio de su pretensión, cobrando ánimo con el airecillo de las esperanzas que se había levantado en el pensamiento, picó la posta y pasó a Madrid.

CAPÍTULO 6

Don Sancho se vuelve a Toledo y de allí pasa a Burgos cansado de buscar en Madrid a Elena, y ella y Montúfar huyen de la Corte en hábito de peregrinos. Elena hace una burla a Montúfar de [la] que él toma satisfacción.

LAS congojas y fatigas de un amante, la inquietud de su pecho, la eterna solicitud de sus ansias no consiente comparación: es calentura con crecimientos que no deja sosegar al enfermo, que dando vueltas en la cama buscando alguna parte fría que alivie su fuego, en todas halla su daño. Ya pide que le aderecen la cabecera más alta y se arrima a una torre de almohadas que en breve tiempo arroja por el suelo, ya que le pongan a los ojos variedad de vidrios preñados de agua por beberla con ellos en tanto que a la boca le dan licencia, ya se alegra con las visitas de los amigos, ya se ofende que toquen los umbrales de la puerta. Al fin, aquel miserable cuerpo no sosiega hasta que la calentura se despide.

(¡Triste del amante que corre tras el interés torpe de su apetito, pues no conoce lugar de reposo en tanto que no consigue el efecto de su deseo! ¡Dura ley estableciste, dura y forzosa, madre naturaleza, cuando obligaste al hombre, rey de todas las criaturas, que siguiera los antojos de una mujer fácil que solo se desvela en buscarle su perdición!)

Así padecía el miserable don Sancho, que tres días ocupó su persona en buscar a Elena valiéndose también de las diligencias de sus criados, encargándose muchos amigos del mismo cuidado; pero perdían el tiempo y los pasos porque, otro día siguien-

71

te, Elena, Montúfar y la honrada vieja, recelándose justamente del peligro a que se arrojaban si prosiguiesen con la conversación del caballero toledano, de quien era dificultoso guardarse viviendo todos dentro de unos mismos muros, encomendando sus muebles a persona de satisfacción y llevando consigo todo el dinero y, joyas que tenían, se vistieron unos hábitos de peregrinos y, tendiendo las velas para Burgos, empezaron su viaje, por ser Méndez, que se llamaba así la vieja, natural de aquella ciudad y tener una hermana en ella en cuya compañía les pareció que estarían con más espaldas para cualquier caso que se ofreciese.

Al fin, don Sancho se desengañó y, viéndose burlado, dio la vuelta a su casa corrido y vergonzoso, y con tanto dolor que en todo el camino, hasta que llegó a los brazos de su mujer, no habló palabra. Recibiéronle en su casa con unas cartas de mucho dolor en que le avisaban que un hermano suyo natural, prebendado en la Santa Iglesia de Burgos y de los más ricos eclesiásticos de ella, estaba con enfermedad grave en aquella ciudad, y que si no acudía presto corría peligro la herencia. Y así, reposando aquella noche en Toledo, el siguiente día volvió a tomar postas y partió a Burgos.

Ya iba descontenta Elena del lado de Montúfar, a quien llevaba aborrecido con el mismo extremo que le amó por haberle conocido en el ánimo tan pocas fuerzas. Mirábale con ojos de desprecio como a hombre cobarde y de corto corazón. Quisiera abrir una puerta, si la ocasión la diera las llaves, por donde huirle el rostro para toda la vida. Amargole y hízosele la boca áspera con aquel pesado subsidio de sujeción, ahogábasele el corazón y reventaba por los ojos el deseo de libertad, porque como se había criado con estas mantillas, la echaba menos y le pesaba de no tenerla tan a mano como solía. De esta opinión fue siempre la venerable Méndez, porque le pesaba mucho de ver en casa quien le mandase a ella y gobernase a su ama, gozando con descanso el fruto que con tanto sudor y fatiga las dos adquirían. Y entonces, como la pusieron el cabe cerca, tirole hasta pasarle de la raya. Díjole a Elena a cuántos daños estaba sujeta, representándole que era como los esclavos que andan en las minas, que después que con largo afán sacan el oro que la avarienta y escasa tierra guarda retirado, lo llevan a sus amos, que les pagan con dalles una miserable comida y tal vez, en lugar de ella, muchos palos y no pocas coces. Advirtiola que era tan breve don la hermosura que, antes de muchos años, había de mudar con ella el espejo de lenguaje, diciéndola en vez de las lisonjas muchos pesares, pintándola tan fea como entonces hermosa. Y prosiguiendo con su discurso muy enojada, más a fuerza de la pasión que de la razón aunque en esto la tenía, pronunció estas palabras:

—Sabed, señora, que en llegando una mujer a los treinta, cada año que pasa por ella la deja una arruga. Los años no se entretienen en otra cosa sino en hacer a las personas mozas viejas, y a las viejas mucho más, que este es su ejercicio y mayor pasatiempo. Pues si por haber vivido una mujer mal, adquiriendo con torpes medios hacienda, cuando llega a la vejez, aunque la goza descansada, es triste vida por ser afrentosa, ¿cuánto peor estado será el de aquella que tuviere juntas la afrenta y la pobreza? ¿A quién podrá volver a pedir la mano en una necesidad? Si vos, por el servicio de Dios y por la vergüenza de las gentes, os retiraseis con los bienes que tenéis para casaros con un hombre que, procurando enmendar vuestra vida pasada, corrigiera los borrones de las afrentas, no me pareciera mal, mucho gusto recibiera de que con este tal abrasaseis vuestro caudal; pero con un pícaro hombre de ruines entrañas y de bajo ánimo, cuyo corazón es tan vil que se ha contentado y satisfecho para pasar su vida de este bajo entretenimiento en que se ocupa, estafando mujeres, comiendo de sus amenazas y viviendo de sus insolencias locura es, necedad sin disculpa gastar con él la hacienda y el tiempo.

Elena oyó el discurso con gusto, pagándose mucho de todas las razones aunque no se le hicieron nuevas, que su ingenio sutil estas y otras de mayor importancia había hallado; pero entonces las abrazó de mejor voluntad por ver que había otro voto más que el suyo y que quien le daba no pretendía engañarla en el consejo. Llegaron por sus jornadas a Guadarrama, un lugar del Duque del Infantado. Aquí cayó enfermo de una gravísima calentura Montúfar, tan congojosa y acelerada que no le dejó sosegar en toda la noche. Y así, resolvió a la mañana que, pues su salud era a lo que debía atender en primer lugar, que la jornada se suspendiese, trayéndose médico que le curase; y este decreto le pronunció con palabras de tanto imperio como si las dos fueran sus esclavas y él absoluto señor de sus vidas y haciendas. Pero ellas, que la noche antes habían determinado no perder la vez y dalle cantonada, se sentaron a los lados de la cama: Elena al derecho y Méndez al izquierdo, saludándole Elena con este discurso:

—Amigo, por tu vida (y así Dios te la dé el tiempo que Él fuere servido, que este es negocio por que no pienso importunarle mucho, antes desde ahora te ofrezco en sus manos porque gusto infinito de sacrificarle las cosas que más quiero), que pienso, y por Dios que pienso muy bien, que desvarías con la calentura. ¿Es posible, pobrecillo de ti, por menos tonto te pagué, que no has conocido que esta mujer anciana, esta honrada Méndez que ya pasa en el mundo segura por la aprobación de sus canas, y yo, que también me quiero poner en el calendario, estamos muy cansadas de tus fieros con nosotras y de tus miedos con los hombres, y mucho más con las varas de la justicia? Consuélate, si esta vez mueres, con que es más noble cuchillo una calentura que un temor cobarde: y acabarás a manos de mejor verdugo de lo que yo había presumido de tu ánimo estrecho. Entre las cosas que debes agradecer a la fortuna es la principal, si bien lo miras, el haberte hecho tan bien quisto con nosotras que, cuando vayas de este mundo, no nos echarás en ninguna costa de lágrimas; antes para aquel día, en vez de los paños negros que significan dolor, pienso vestir brocado celebrando el principio de mi dichosa libertad. Con todo eso, mira por tu salud y no te engañe el diablo pensando que esto que te decimos es de veras, y tú de puro bueno y agradable, creyendo que nos haces gusto en ello, te dejes morir: que estas palabras, aunque se pronuncian, no se sienten. Y a fe que te puedes consolar de que, ya que ha llegado la enfermedad a tus puertas, no te ha cogido en un lugar extraño, en un mesón y con poco dinero, sino en tu propia patria, en la casa de tus padres y cerca de tus deudos, donde se curan las enfermedades y remedían las necesidades. ¡Ven acá, amigo! ¿Querrías tú que yo me quedase aquí para curarte y servirte? ¡Bueno es esto para tu cortesía con las damas! Y como que te conozco yo, no dirás tal aunque pensases por este camino, restaurando tu salud, resucitar todo tu linaje; y en verdad que es lo que más presto te concederemos. Aconséjote que no llames doctor si no quieres morir con más brevedad, porque el médico, en viéndote con esta calentura tan ardiente te ha de hacer abstinente de vino; y con el mal podrás vivir algunos días aunque ayas de acabar a sus manos, pero privado de este tan suave licor yo me atreveré a jurar que no cumples las veinte y cuatro horas: conózcote y sé que no te criaste con otra leche.

Aquí Méndez le puso la mano en la cabeza y, viendo que su ama acababa, dijo así:

—En verdad que arde, señor Montúfar, y que este accidente lo toma más de veras de lo que vuesa merced puede pensar. Abrácese a este rosario y pase estas cuentas con muy gran devoción, y después envíe por un confesor con quien descanse limpiando su conciencia; verdad es que la vida que vuesa merced ha pasado ha sido tan ejemplar que tendrá la cuenta muy breve y fácil el despacho. Y si no, díganlo esto todos los señores escribanos del crimen que en Madrid quedan, que innumerables veces fueron cronistas ocupando sus plumas en escribir sus gloriosas hazañas; fuerza de que V. m. tiene para en descuento de sus pecados aquel paseo que hizo por las calles más principales de Sevilla, acompañado de tantos alguaciles a caballo como el señor Asistente. Verdad es que en esto hubo una diferencia: que él los lleva siempre delante y con V. m. fueron a la retaguardia. También ha visitado parte de la Tierra Santa y no de paso, pues por seis años fue a Galilea, donde padeció muchos trabajos comiendo poco y caminando siempre; y estimósele esta virtud por entonces más que a otro porque aún no tenía veinte y dos años cuando hizo tan santa romería. Pues cosa cierta es que ha de ver V. m. premiado en la otra vida el cuidado que siempre ha tenido de que las mujeres que ha tratado no sean vagabundas, poniéndolas a oficio y haciéndolas trabajadoras: que no solamente comían de la labor de sus manos, sino de la de todo su cuerpo.

Por lo menos, si V. m. esta vez muere en su cama hará una graciosa burla al Corregidor de Murcia, porque tiene jurado, por vida del Rey y de la de su mujer y hijos, que le ha de ver hacer piernas en la horca y estirarse de pescuezo; y cuando él esté más seguro pensando que se le llevan a las manos para ejecutar su ira, le llegaran las nuevas de que no hay lugar, diciéndole que vuesa merced fue persona que tuvo habilidad de morirse por sí mismo sin ayuda de tercero. Y porque ya es hora de que nos partamos por si acaso no nos viéremos más, le doy este último abrazo y a Dios.

Esto dijo, y poniéndose las dos en pie dieron pasos largos. Montúfar, que siempre las había tenido en opinión de mujeres entretenidas porque su ordinario lenguaje, así el de la vieja como el de la moza, era todo el año burlas y donaires, creyó que hablaban de chacota con intento de divertirle como otros tiempos hacían, y persuadiose que el irse era para dar orden, con mucho cuidado, en prevenir todos los remedios a su enfermedad necesarios, porque así le había sucedido otras veces: pero esta diéronle con la mayor, y tomando las de Villadiego, aprovecháronse de sus pies todo lo que pudieron. Pareciole al enfermo que tardaban, y llamando a su huésped, supo de ella que aquellas señoras se habían ido y le dijeron que, porque su merced quedaba durmiendo en razón de haber tenido la noche pasada mala a causa de cierta indisposición, que no le despertase hasta que él mismo, de su voluntad, lo hiciese. Reconoció entonces por veras y más pesadas de las que él quisiera las palabras que él pensó que solamente se decían por conversación, y usando de aquel insolente atrevimiento de que siempre suelen hombres de semejante vida, jurando y votando al santísimo nombre de Dios, amenazó hasta el camino por donde iban y el sol que las alumbraba. Esforzose por vestirse y seguirlas pero no pudo. La huésped le procuró quietar disculpando a aquellas señoras en el mejor modo que su entendimiento la ofrecía: bien mal y con no pocos disparates, acrecentándole más el enojo.

Él se determinó de no comer bocado hasta otro día, que habiendo cumplido más de veinte y cuatro horas en ayunas tomó unos tragos de caldo y un poco de ave. Valiole tanto la medicina de este buen regimiento que se sintió bueno; y así, el día tercero, empezó su camino en busca de sus camaradas, fiándose de que, aunque le llevaban dos jornadas de ventaja, las había de alcanzar por ser mujeres. Y así fue, porque diez leguas antes de llegar a Burgos dio con sus cuerpos y las tocó a rebato. Ellas se previnieron de las mejores excusas que pudieron y él, con el rostro alegre, mostró no estar ofendido; antes procuró con mucha industria asegurarlas, y haciéndolas entender que llevaran errado su viaje, las apartó del Camino Real. Y guiándolas por un monte espeso, parte adonde él sabía que nadie jamás llegaba ya que estuvo en lo más escondido y retirado de aquella desconversable soledad, despojando una daga de la vaina, a quien siempre ellas miraban con mucha reverencia y devoción, tanta que hacían por ella cualquier cosa que les pidiese aunque tuviese muchas espinas de dificultad, las dijo que le entregasen luego todo el oro y joyas que llevaban so pena de la vida.

Pensaron a los principios negociar con lágrimas, y más Elena, que echándoselele al cuello vertió muchas; pero no estaban bien en la cuenta porque aquel hidalgo se hallaba muy recio de corazón y no era aquella ocasión para pedir mercedes. Confirmó el auto, notificándolas que si dentro de un breve cuarto de hora no obedecían, se ejecutaría. Ellas que vieron el peligro dentro de casa y que no había otra puerta para echarle fuera, aunque con dolor de sus corazones sacrificaron sus bolsas. No acabó con esto de descargar toda la piedra: venía la nube muy preñada, porque luego, sacando unos cordeles que prevenidos para el caso traía las ató a dos árboles que estaban el uno en frente del otro, a cada una en el suyo; donde les dijo que ya que ellas no tenían ningún cuidado de satisfacer, de cuando en cuando, por sus graves pecados con algunas disciplinas, les quería dar él una como de su propia mano porque tuviesen obligación de rogar a Dios por él. Ellas pasaron por la penitencia, y después que se hubo satisfecho, sentándose en el suelo en medio de los árboles adonde estaban atadas, volvió el rostro a Elena, a quien enderezó esta plática:

—Amiga, por tu vida, que esto que te ha sucedido no lo recibas con pesadumbre, considerando que yo lo hice con buenas entrañas y de todo corazón. Consuélate con que ya que me voy y te dejo, no quedas en un monte atada a un árbol y huérfana de los dineros y joyas de que te podías valer; sino rica y abundante de toda buena fortuna en tu patria, en la casa de tus padres y cercada de tus deudos, donde se curan las enfermedades y remedían las necesidades. Por lo menos, hija, he de llevar conmigo un grave dolor que toda mi vida ha de andar a mi lado acompañándome hasta la sepultura: y este será el considerar que por mi culpa queda en este monte desierto una doncella tan virtuosa y honesta como tú a peligro de que padezca fuerza su honra en las manos de algún caminante; y siendo hija de los padres que yo sé y tú me contaste, sería daño de pesada consideración. Paréceme que si pasa por aquí alguno que te conozca y sea práctico y estudioso en el libro de tus buenas costumbres, si te ve atada a ese tronco, ha de maldecir árbol que tan mal fruto lleva, y aun cortarle de raíz porque no se multiplique más cada día. Y a fe que si no fuese testimonio el que con poca conciencia han levantado los poetas a las aguas diciendo de ellas que murmuran y ríen, que las de este monte, con mucha razón lo podrían hacer de ti viendo tan humillada tu vanidad, tan arrastrada tu infame belleza y tan bien castigada tu insolente vida. Por lo menos, si esta noche siguiente duermes atada como estás, me deberás una habilidad que lucirá mucho sobre las demás que tú tienes: que será dormir en pie, gracia que no la alcanzan todos. Pero quédese esto aquí, que me parece que me culpa de ingrato la madre Méndez, pues en tan largo discurso no me he acordado una vez siquiera de volverle el rostro.

Así dijo Montúfar, cuando dando las espaldas a Elena y cara a la desconsolada Méndez acudió con estas razones:

—Madre honrada, aprovéchese del entendimiento que Dios la dio, a quien se encomiende de todo corazón porque, sobre la edad que tiene, el trabajo de esta tarde temo mucho que la destierre de este mundo. Y así, es mi parecer que envíe por un confesor con quien descanse limpiando su conciencia. Verdad es que la vida que V. m. ha pasado [es] tan ejemplar que tendrá la cuenta breve y fácil el despacho. ¡Oh qué caridad! ¡Oh qué honrada señora!, pues en vez de murmurar de faltas ajenas, toda su vida ha gastado en cubrir flaquezas de mujeres mozas; y sin tener mayor manto que las otras, que esto es lo que a todos admira y yo alabo con tanta razón que no me pueden reprender de apasionado: ha cubierto con él poco menos gente que la espaciosa capa del cielo. Lo mucho que ha sabido, aun en razón de estudios y ciencias, pide mayores alabanzas que las que puede engendrar la humildad de mi corto ingenio; tanto, que sus palabras han tenido fuerza para que retrocediesen espíritus del otro mundo y volviesen a este. Y así, los señores Alcaldes de Corte, considerando que si los hombres por sus letras llegan a obispar, que no era justo que una mujer docta no gozase también el premio de tantas malas noches, la hicieron merced de dalle una mitra; y afírmanme que aquel día la acompañaron detrás más cardenales que al Pontífice en Roma, porque un curioso que se halló presente, que por ser él comedido, sin mandárselo nadie ni dalle salario por ello se puso a hacer el oficio de contador, jura que llegaron a doscientos. No me puede negar una cosa, porque lo que voy a decir es doctrina llana y asentada: que cuando muera y en aquella triste hora vea, como todos, la cara y mal gesto de los diablos, que no se les hará de nuevo a sus ojos mirar semejante cuadrilla, porque para ellos más ordinario es comunicar demonios del infierno que hombres de la tierra. Y perdone V.m. el atrevimiento de haberla dado esta pequeña cantidad de azotes, porque yo me hice una cuenta y no sé si me engañé en ella: que pues los viejos se vuelven a la edad de los niños y V. m. lo era tanto, no sería fuera de propósito castigarla como a criatura esta travesura pasada.

Y con esto Vuesas mercedes se queden con Dios, que me llego aquí cerca y volveré lo más presto que pudiere; y si tardare, no les de cuidado, que yo le tendré de mi persona.

Cesó aquí con su discurso Montúfar y, sin gastar más tiempo ni palabras, se fue dejándolas más muertas del temor y espanto que del cruel castigo.

CAPÍTULO 7

Quédanse Elena y Méndez en aquella solitaria prisión, donde se ven en mayor confusión que la pasada.

ESTUVIERON sin hablarse las dos, vencidas de igual pena y turbadas con una misma desdicha, largo tiempo; cuando un perro, que venía codicioso de una liebre siguiéndola con veloces pies, pasó por entre los árboles donde las miserables estaban atadas y tras él el caballero que la seguía, y suspendiéndose en la mayor fuerza de la carrera se detuvo a mirar semejante maravilla. Este era don Sancho, que por hallarse con tanta mejoría su hermano, que se había venido a convalecer a una aldea donde tenía hacienda y recreación que estaba ocho o nueve leguas de Burgos y una o poco más de aquel monte, andaba por él buscando la caza y huyendo la memoria de Elena, que siempre le fatigaba, culpándose de hombre de poca paciencia pues no la tuvo para esperar unos días más en Madrid y buscarla siempre, pues a manos del tiempo y la diligencia mueren todos los imposibles.

Turbose de ver en aquella soledad tan extraña dos mujeres atadas, y mucho más cuando, sin bastar la diferencia del hábito que Elena traía ni el cansancio del camino para deslumbrarle, reconoció el rostro amado. Pero como él tenía hecho concepto de que Elena era mujer principal y casada en Madrid, dudó mucho que pudiese ser ella persona que gozase de aquella libertad como era venir tantas leguas de su tierra sola y en traje semejante. Creyó que el mucho deseo le engañaba y que la perpetua ansia y fatiga de la imaginación representaba aquellas fantasías. Buscaba palabras con que hablarlas, pero ni el discurso se las ofrecía ni la voz tenía ánimos para darlas forma. Púsose de pie sobre los estribos, y después de haber corrido con los ojos todo el espacio de aquel largo sitio, viéndose tan solo, imaginó si era aquella alguna ilusión del demonio, que habiendo hurtado la forma de la forastera de quien tanto se dejaron obligar sus ojos, quería en aquel desierto burlarle, permitiéndolo así la justicia divina por no dejar sin castigo en esta vida su torpeza.

Ellas, que también le reconocieron y pensaron que el cielo había señalado aquel día para que pagasen en él todos los pecados que habían hecho en muchos, acrecentando miedo a miedo no tuvieron ánimo para romper el silencio, antes ocupadas de mayor tristeza enmudecieron de nuevo. Él esperaba a que ellas hablasen para ver si las razones primeras le daban alguna luz con que desengañarse, y ellas estaban atentas, suspensas del mismo fin, como sucede tal vez a dos hombres valientes y diestros cuando, desafiados, riñen en el campo: que afirmándose el uno con el otro a pie quedo, se están atentos largo tiempo esperando cada uno a que el otro se descomponga para caminar luego a la ejecución de su herida. Pero don Sancho, cansado va de tanta turbación, ayudado más que ellas para vencer el recelo de la naturaleza varonil, quiso ser el primer interlocutor del diálogo y al tiempo que iba a pronunciar "¿Quién sois, mujeres?" con ardiente deseo de saber si era aquello por lo que tanto su corazón le importunaba, oyó a sus espaldas ruido de espadas, y volviendo los ojos vio que dos cazadores, de los que en su compañía salieron, se acuchillaban sobre cuál de ellos había de tirar con una escopeta, que era la mejor de las que allí venían y entre todas por tal escogida. Como los consideró en tanto peligro, por acudir a la mayor necesidad, picó el caballo y partió a despartirlos.

Era gente villana y reñían mas con la envidia de los viles corazones que con las espadas; y así, aunque la presencia de su dueño y el honrado respeto que le debían les pudiera obligar a volver los aceros a su lugar dándose abrazos de segura y limpia amistad, no fue bastante para que tres veces no reincidiesen en la pendencia, cortándose más con las palabras ruines que se decían que con las heridas que se tiraban: ¡Oh hazaña digna de pechos bajos! Verdad es que no era toda la culpa suya; tenían en la cabeza quien les hablaba al oído haciéndoles caer en estas y otras mayores faltas: el hijo de la cuba, el nieto del sarmiento les aconsejaba; y los pobrecillos, engañados de que cosa que les sabía tan bien no les podía aconsejar nada que les estuviese mal, daban cuchilladas por el aire y pagábanlo unos desdichados romeros, que era el sitio adonde les acometió la cólera y empezó y perseveró siempre la pesadumbre. Hasta que ellos mismos, más por los merecimientos de su cansancio que por los ruegos del sufrido caballero, pues los esperó tanto tiempo sin medirles las espaldas a cintarazos, se dieron por buenos y recogieron sus espadas, tan dignas del nombre de mártires cuanto no del de malhechoras, pues ellas se habían lastimado en las piedras y a ellos los dejaban libres de ofensa.

Volvió don Sancho con esto a los árboles, prisión de aquellas desconsoladas señoras; pero ya no las halló en ellos. Admirose más de esto que de lo primero, porque como él estuvo divertido en sosegar la ira de los vinosos cazadores no vio la persona que las dio libertad, Corrió dos veces la campana y tan en vano la segunda como la primera; y ya entonces, asegurado de que aquella mujer debía de ser su bien pues era bastante el haberla perdido, dejando el caballo se puso en tierra y, abrazándose al árbol donde a Elena vio atada, dijo:

—¡Oh tronco dichoso! ¡Oh mil veces planta bienaventurada, pues mereciste lo que los hermosos brazos te ciñesen de aquella a quien amo sin conocerla y solamente la conozco para amalla! Crece feliz, y crece tanto que, en vez de las aves, sirvan tus ramas a las estrellas de asiento. Seguro estás desde el tronco a la copa, porque ni los rayos del cielo te herirán en ella ni los gusanos de la tierra te roerán por él. Tendrás siempre a las estrellas por padrinos y a los campos por envidiosos. Tu sombra será hospedaje de salud, porque los que en ella buscaren el descanso, si llegaren enfermos, volverán alegres y sanos. Ya de hoy más excusarás a la primavera lozana el cuidado del vestirte porque no se atreverá el cano invierno a desnudarte. Las aves y las aguas, enamoradas de ti, se emplearán en darte apacible música: las unas hiriendo los aires y las otras las piedras. Más ¿qué nuevo pensamiento me abrasa? ¡Ay de mí, que estoy de ti celoso porque mereciste la gloria de quien tan lejos me lloro!

Suspenso de estos tristes discursos se hallaba el miserable amante y desdichado cazador, pues cuando más seguro pensó que tenía el pájaro en la red se le voló más libre. Pero viendo que se recogía su gente y que era fuerza volver en su compañía a la aldea, subió en el caballo y, llevando del campo más deseos que flores, entró en la casa de su hermano, donde más triste y menos divertido se retiró sin cenar a su aposento, a casar la melancolía con el sueño, que es la tristeza mayor.

CAPÍTULO 8

Elena, Méndez y Montúfar, apartándose del camino de Burgos, pasan a Sevilla, en cuya jornada, haciendo medicina del cansancio la conversación, refiere Montúfar la novela del pretendiente discreto.

Y A sé que me miráis todos a las manos para ver por qué puerta sale el que dio libertad a las bien castigadas matronas. ¿Quién duda que algún poeta de cartapacio — de estos que piensan que porque trasladaron el soneto y romance de su vecino en papel que era suyo, escrito de su letra y con pluma que les costó sus dineros, que pueden canonizar el trabajo por propio— se arma contra mí reprehendiéndome la flojedad de mi ingenio con mucha aspereza, pues se durmió en cosa que tanto importa? Sosiégate, pedante, y no te levantes tan presto de la silla, que ya soy con tu pensamiento y no te dejaré en este particular sin llenarte los vacíos. Bien sabrás que hasta ahora a ningún refrán castellano se le ha cogido en mentira: todos son boca de verdades; más vale la autoridad de uno de estos y mayor doctrina encierra que seis sabios de los de esta edad. Pues entre ellos anda uno vulgarísimo que dice: "quien bien ata, bien desata". Y como que dijo bien. ¿Quieres vello? Pues oye y no te escandalices). Montúfar, que a pocos pasos que había dado de los árboles sintió quejársele el alma por la soledad que padecía sin ver los ojos de Elena, y reconociendo juntamente que aquel dinero y joyas de que el verdadero caudal estaba en la belleza de su rostro, pereciéndole que ya ella y su consejera estaban tan bien castigadas que de allí adelante no se atreverían a perderle el respeto, volvió; y con aquellas manos rigurosas que antes la habían atado, rompió los cordeles y las puso en la deseada libertad en tanto que don Sancho persuadía con la paz a los que tan largo tiempo estuvieron en recibirla de su mano.

Hiciéronse amigos los tres y juraron olvidar las injurias; diéronse abrazos estrechos para más seguridad y decretaron no pasar a Burgos, recelosos de encontrar en aquella ciudad al caballero toledano. Con este pensamiento se conformaron, eligiendo a Sevilla por verdadero centro y último reposo de su jornada. Para este intento hallaron toda la comodidad necesaria, porque luego como entraron en el Camino Real, a menos de media legua encontraron unas mulas de retorno que iban a Madrid; y como el mismo mozo que las llevaba acertase a ser el dueño de ellas y pudiese, sin perder de voluntad ajena ni volver a la Corte, concertarlas para donde gustase, negociaron con él todo lo que quisieron.

Valioles esta dichosa ocasión que les vino a las manos el poder efectuar su deseo, porque Elena y la venerable Méndez, como mujeres criadas en el lo ocio de los deleites y puestas en las malas costumbres de la Corte, adonde para dar un paso desde la casa a la iglesia, o venía la silla o rodaba el coche, iban rendidas al cansancio y caminaban más en las fuerzas del espíritu que en las del cuerpo. Todo el discurso de la jornada no desveló otro cuidado a Montúfar sino el regalo de las dos, procurando con esta nueva tinta de diferente color borrar lo que con la otra había impreso en sus ánimos, repartiéndoles entonces tanta cantidad del pan como había hecho del palo: sacudíales con una mano y alagábalas con la otra para ver a qué son bailaban mejor.

No barajaba mal las cartas para que la suerte viniera con su deseo, pero entendíale las señoras la flor, y aunque callaban, piedras cogían esperando su ocasión. Pero después se apretaron las amistades en tan estrechos términos que se mudó el viento, y cesando el agua rompió el sol más alegre que nunca, amándose los tres con firmeza y verdad, que no fue pequeño milagro saber tener este trato gente ruin. Lo cierto es que más que virtud propia fue razón de estado, porque llegaron a conocer que no podían conservarse de otra suerte y temieron la ruina de su humilde imperio, considerando que la disensión había sido el cuchillo de grandes monarquías. En todo el camino no les sucedió cosa que sea digna de referirse, porque como iban huyendo temerosas siempre de que el castigo les venía a los alcances, no trataron por entonces de acrecentar culpas, sino de darse prisa hasta llegar a tierra más segura, donde empezando libro nuevo se diesen a conocer por diferente estilo.

La jornada era larga, los cuidados y recelos de los tres no menores; y así, era menester divertirse con cuentos y, novelas que, aunque fabulosas, se llegasen tanto a la verisimilitud que tuviesen igual fuerza para persuadir y deleitar como los sucesos verdaderos, acudiendo cada uno con lo que más presto le ocurría. Montúfar, ingenio sutil en esta parte, copioso en el lenguaje y significativo en las acciones, dijo así:

»«—Italia, ilustrísima provincia en la Europa, madre de felicísimos ingenios y gloriosos capitanes, cuyas victorias humillaron la cerviz y pisaron la frente de todas naciones en el tiempo que el orgullo y ruido de las armas del Romano Imperio espantó la tierra, entre tantas insignes, tiene una ciudad bellísima, su nombre Nápoles y sus maravillas y grandezas innumerables, espaciosa en el sitio fuerte y noble por los edificios. El mar la defiende y sirve trayéndole por sus corrientes los tesoros y regalos que engendra el demás resto del mundo. El cielo la socorre y apadrina, y la tierra la trata con respeto y reverencia. Aquí, pues, reinaba Carlos Tercero, príncipe benigno ejercitado en las buenas letras y acompañado de costumbres piadosas, que de estas dos telas se hace el vestido que más bien asienta al alma y corazón de un príncipe, aunque sea gentil. Por este perdieron César y Alejandro la fama de invencibles y liberales, porque enriqueció los templos, abrigó los pobres, peleó por la defensa de sus súbditos y, castigando victorioso los atrevimientos de sus contrarios, compró con su sangre la paz y quietud de su república.

»Acudían a servirle no solamente sus vasallos, sino otros muchos caballeros extranjeros; y todos, en poco tiempo, volvían a sus casas llenos de mercedes y obligados a ser pregoneros de sus alabanzas. Solo Federico, caballero noble y de pocos años, tan prudente que honró a su juventud y dejó corrida a la vejez desordenada de muchos en cuya presencia él parecía anciano y ellos mancebos, rico por grandes herencias, y tanto que pocos en el reino se le oponían, amante de la soledad, aborrecía la Corte; y retirado en un castillo suyo se entregaba todo a la Filosofía, recreándose en sus estudios, sin aspirar a más pretensión que a la del título de sabio, que procuraba merecerle por su trabajo y perpetua asistencia sobre los libros y no con los ardides y estratagemas de que hoy se valen estos doctos de tropelía y estudiosos de invención, que con solo tener una ciencia de librero, que es saber los títulos de los libros, y de lo que tratan por mayor y en qué partes, y cuántas veces han sido impresos, quieren competir y sobre ello desnudan las espadas y las lenguas con aquellos que han puesto la mano en el corazón de las ciencias y no hay rincón ni parte tan secreta en ellas que no le hayan visitado. Este género de gentes es insufrible y dura en su conversación: blasonan de que entienden y tratan con tanta elegancia la lengua griega como Demóstenes y no saben la castellana con ser su propia natural y materna: hínchanse con su latín y desvanécense porque conocen a dónde viene bien el paréntesis y a dónde el interrogante; traen en la faldiquera un Horacio o un Marcial roto, porque deben de ser los libros de estos de la condición que el manto y beca de colegial, que mientras más gastado y rompido representa mayor autoridad; hacen visajes cuando hablan y quieren que hasta el viento pasajero suspenda el paso y les escuche; y cuando oyen a los otros se divierten con artificio, como haciendo desprecio de lo que se trata y procurando dar a entender que es humilde materia para sus oídos, perdiendo muchas veces, por esta arrogancia ignorante, infinitas cosas que, si las escucharan, descubrieran en ellas doctrina y utilidad científica).

»Servía Jacobo, persona aunque pobre noble en nacimiento, de secretario a Federico, cuyo ánimo orgulloso y condición ambiciosa suspira ya por dignidades y lugares eminentes, opuesto en todo a la condición de su dueño. Y así, cada día batallaban con recias disputas defendiendo cada uno su opinión. Pero Jacobo, importuno y demasiado solícito, apretaba cada día más la dificultad y reprehendía severamente a su señor por su flojedad y descuido, pues habiéndole dado tantas partes el cielo con que pudiese campear y lucir, gustaba de ocultarlas debajo de tantos velos y hacía dueño al silencio (siendo poseedor tirano y señor injusto) de virtudes dignas de andar públicas y celebradas en toda la tierra. Proponíale muchos hombres que, con pocos méritos, por su diligencia y asistencia estaban en la Corte aventajados y preferidos a infinitos, deseando con aquellos ejemplos encender en su pecho ambición y despertarle para sus intentos y particulares fines, porque a su sombra y arrimo se prometía él, y no vanamente, correr a puesto importante. Pero Federico, a todo sordo, burlaba del consejo y llamaba a Jacobo hombre inútil de entendimiento, vaso de engaño y juicio enfermo, pues quería turbarle el ánimo, que entonces gozaba de paz segura, apartándole de entre sus vasallos leales y obedientes y de la amistad y conversación de sus libros, para embarcarse en tan dudosa navegación como son las pretensiones, donde tanto se aventajan la dicha y buena estrella y, por la mayor parte, anda entre los pies y se arroja a los rincones el mérito. Y rogábale que ya que Dios le había, liberal, comunicado el don de la prudencia, que no le ahogase en su descanso y quietud.

»Las razones eran buenas y bastantes a vencer a cualquier hombre desapasionado; pero como Jacobo no lo estaba, antes bien, ciego de su apetito insaciable, hacía juicio temerario de Federico diciendo que el retirarse de la Corte no nacía de ánimo prudente y bien aconsejado, ni quería consentir que se le diese el premio de esta virtud, porque afirmaba que su corazón era estrechos, corto y de todo punto incapaz de acrecentamientos ilustres, y que para colorar este defecto buscaba razones, como hombre de sutil ingenio, que amparasen su opinión, todas más resplandecientes en la apariencia que sólidas en la verdad. De esta suerte, vivían entrambos quejosos y descontentos cada uno de la inclinación del otro.

»Sucedió que en la Corte de Carlos, sobre la competencia de la cortesía, tuvieron encuentros de mucha consideración dos caballeros de los más ilustres del reino, señores poderosos en hacienda y deudos. Y quisieron pleitear por las espadas y llevar por fuerza de armas un acto que es gracioso y voluntario, y que no tiene más de bueno que ejecutarse con liberalidad y gusto (porque a mí no me honra lo que yo me tomo con mano violenta y fuerza tirana, sino aquello que Pedro, haciendo dentro de sí mismo un reconocimiento interior de mis méritos, me concede con natural respeto y generoso ánimo). Vertiose sangre por entrambas partes, cuyo efecto alteró los ánimos de los interesados en deudo y dio ocasión a que todos acudiesen a la Corte a responder por la parte que les tocaba, porque ya el Rey, temeroso de mayores daños, había puesto en prisión a los autores de esta inquietud.

»Viéndose Federico tirado de la obligación, y que era fuerza ofrecerse a negocio de tanta calidad y hacer rostro entre los demás a los que defendían la parte del enemigo, por ser él primo hermano de Octavio, que fue uno de los culpados y el que más lo estaba en la opinión y sentencia de todos, tomó resolución de hacer presencia en Nápoles, con no poco gusto de Jacobo, que vio amanecer el día de sus deseos y pasar sus esperanzas a posesión dichosa.

»Empezaron su jornada a paso largo porque la necesidad del caso pedía solicitud y presteza; pero en el poco tiempo que duró, procuró volver a la plática antigua Jacobo, persuadiendo a su dueño [de] que ya que era fuerza poner los pies en la Corte y huir el sosiego de su casa que tanto amaba, que no dejase de hacer experiencia de la fortuna y ver hasta dónde eran amigos, poniendo los ojos en alguna pretensión alta que aumentase la reputación y buena voz de su sangre, y tanto, que creciese la gloria y resplandor de su familia; a quien Federico respondió así:

»—¿Cuántas veces, amigo Jacobo, te has entrado por las puertas de la adulación y lisonja para proponerme tus intentos? Infinitas, por cierto; y en todas medraste pequeño fruto. ¿Quién duda que tu elocuencia estará corrida de verse tan mal premiada, pues no ha podido, después de tantas diligencias, vencerme y reducirme? Pero al fin, la perseverancia todas las cosas consigue: el diamante se labra y dispone, y una gota de agua blanda se hace lugar en la dureza de una peña rústica con la continuación y asistencia. Tal ánimo has dado con tus razones a mi desconfianza que pienso, por hacerte gusto, pretender en la Corte desde el día que pusiere los pies en ella; pero ha de ser con una condición: que no tengo de revelarte, ni tú en razón de esto has de tener atrevimiento para importunarme, cuál ha de ser mi pretensión, porque esta camina a lugar tan alto y es tan nueva y desconocida de los hombres de este tiempo, que en el retratarla hay peligro. Conténtate por ahora con verme puesto en la carrera y fía de mí lo demás, pues sabes que el cielo me comunicó un entendimiento tan acertado y seguro, que los pasos que diere con él serán más encaminados a nuestra salud que a la condenación y pérdida de entrambos.

»Alegre y suspenso se halló Jacobo con esta nueva y no esperada determinación de Federico, y casi tan dificultoso al crédito de aquellas palabras que le pareció que se engañaban los oídos; y así, una y muchas veces, por asegurarse, preguntaba; y siempre que oía la respuesta conforme y del mismo tenor que la primera, cobraba ánimo y esfuerzo y decía:

»—¡Oh, señor: y cómo se conoce en el desengaño presente cuánta gracia le hace el cielo a un hombre, aunque le prive de los bienes que la fortuna ofrece, si le favorece con dalle discurso claro!, pues al fin, con el tiempo, se deja atar de la buena razón y, sacudiendo de sus ojos la nube de la pasión que los tuvo ciegos, se dispone a seguir la verdad, aunque sea el camino áspero y difícil y diferente de aquel adonde su inclinación le llama: porque el ignorante y rudo muere en su porfía, y dejándose arrastrar de su obstinación, pereció entendimiento, don superior y primero entre todos los que la mano del Cielo distribuye!

»Quien contigo nace, aunque traiga sobre los hombros la piedra de la pobreza, glorioso triunfa, aunque pobre (rico en lo más importante), del ignorante rico (pobre en lo más esencial). Doime por contento y de todo punto pagado de mi solicitud con haber conocido el intento, y no quiero, ni mi pensamiento me desvela con ese cuidado, saber los secretos y fines del ánimo, que bien sé que quien tan dificultosamente se determinó, emprenderá alta negociación con que nos deje honrados a todos los que vamos en su orden y militamos debajo de su bandera.

»Así discurría Jacobo, elegante, en su provecho, y escuchaba Federico atento: cuando a una milla de Nápoles perdió la plática y cerró la conversación porque llegaban cerca mucha parte de la nobleza que había salido a recibir a Federico.»

CAPÍTULO 9

Obligado de justo recelo, suspende el cuento Montúfar; y en el entre tanto alegra el mozo de mulas cantando a los pasajeros, hasta que volviendo a su primer discurso, prosigue la novela del pretendiente discreto

QUÉ sabrosa llevaba Montúfar la boca con su novela!, desvanecido el picaño de la atención que le prestaban los circunstantes: cuando volvió los ojos y, descubriendo desde muy lejos una vara, más temeroso que pescador cuando siente que andan moros por la costa, dando por disculpa que le apretaba una necesidad picó la mula y dijo que le siguiesen a buen paso, que en el lugar primero las aguardaba, pretendiendo con este fin que, si acaso era aquella insignia de algún alguacil que venía en su busca, se cebase en la presa de las mujeres y a él no le siguiese. Nadie conoció la falsedad de sus palabras, antes Elena y Méndez las pasaron por moneda de ley; y pesó tanto que quedaron cuidadosas, y más de lo que era razón, de la nueva dolencia del caballero: Y quisieran ir a su lado para entender más bien la causa de su indisposición y, tratando del remedio, aplicar el beneficio que ser necesario pareciese. Sucedió a la larga conversación de la plática pasada un silencio y melancolía grave que el mozo de mulas rompió así, cantando el nacimiento y vida de un jaque a quien por mal nombre llamaron Malas Manos porque fue ladrón liberalísimo con ellas:

Musas del cuartel de Baco, que, desgreñadas, cantáis canciones a la Membrilla por el buen fruto que da:

vosotras, que coronadas de pámpanos militáis debajo de una carpeta que es vuestro estandarte real;

las que guardáis puramente las órdenes del brindar y gozáis más dulce vida mientras más tragos pasáis,

hacedme un socorro en coplas que sean muy de amistad, mostrando conmigo ahora vuestro ánimo liberal.

*Cantaré de un jeque ilustre crianza y natividad, Medoro entre las marquiças**4** y entre corchetes Roldán.*

Hombre que es a media noche paje de todo el lugar, pues quita la capa a todos de los hombros donde va.

Tan galán de un escritorio que se clava en el umbral de la casa que le encierra hasta llegarle a gozar.

Apenas tuvo siete años (qué agradable habilidad) cuando fue de toda bolsa la ponzoña y rejalgar.

Acometo, pues, el cuento; atención por caridad, que este es plato de curiosos regalado y sustancial;

que el que me hablare a la mano quizá me perturbara y será, en gracia de todos, siervo de la necedad.

En Sevilla, ciudad digna de tener título tal porque en ella sola cabe el gran nombre de ciudad;

donde las naves que empreña del Pirú la Majestad vuelven a sacar a luz partos del rojo metal;

donde los más valerosos vienen solo a conquistar el hazañoso renombre de infatigable jayán:

no han peleado con Balones tú por esto se les da: porque solo en ferreruelos hacen mucha mortandad.

El Corral de los Naranjos suelen estos habitar: mucho huelen a gallinas en meterse en un corral.

Allí, las hembras que hacen plato a la comunidad, por ser marcas y marquiças se van todas a marcar.

Son las damas de más ruido y menos autoridad, porque se pagan en cobre y aceros saben mostrar.

Aquí, pues, de estas señoras hubo una que en bondad y limpieza de su trato se aventajó a las demás.

Tan bien ejerció su oficio, que al más humilde jayán no llevó más de la tasa y aun de ella supo bajar.

Echó una Cuaresma redes un padre espiritual y fue su pesca mayor el alma de la Tovar.

No le cayó muy en gracia esta burla a Satanás, porque le quitó la leña que le había de calentar.

Lloró su ausencia el cercado, porque con su autoridad iba creciendo en respeto y aumentándose en caudal;

que, aunque en el Griego y Latino jamás se puso a estudiar, leyó con mucha eminencia lecciones de humanidad.

Mas ya al madero abrazada, que fue la enmienda de Adán, saca el precio de sus ojos con que se ha de rescatar.

Ya no baila a lo del Rastro, huyendo con humildad la tentación del pandero cuando le oye repicar.

Ya no trae crecientes uñas, ni en desafío campal, en cabello y rostro ajeno ejercita su crueldad.

A fama de esta virtud llamando a su puerta está un sastre que la pretende para nudo conyugal.

Cantar tan ilustres bodas sería temeridad sin cortar antes la pluma, que cansándoseme va.

OTRO ROMANCE

No hay dedal que no se inquiete ni aguja que por su pie no venga a las bodas nobles del sastre Pero Miguel.

Hombre que con sus tijeras, sin que otra ayuda le den, granjeándose allá el infierno acá gana de comer.

Que el cielo es de todos, padre, en lo que hoy hace se ve, pues da mujer descosida a hombre que sabe coser.

Dicen que jamás el mozo a la verdad quiso bien y que por parte de madre tiene parientes en Fez.

Viste el cuerpo a lo cristiano, compitiendo en gala al Rey; pero su alma muy bien puede tras una liebre correr.

De esta magna conjunción, De esta junta ilustre fue Malas Manos procedido, que fue muy mal proceder.

Hombre que las tuvo tales que el nombre le ajustó bien, pues la mayor acechanza de las bolsas vino a ser.

A los doce de su edad, la de la amarilla tez le llevo su padre y madre, sin decirle por qué,

a una tierra en quien ninguno con nieve puede beber, donde los sudores toman los enfermos de Luzbel.

Ya de esta edad, a los postes se ha visto más de una vez de la cárcel abrazado, danzarín del Saltarén:

donde el liberal verdugo, tan amigo de ofrecer, ha criado en sus espaldas cardenales más de diez.

Púsose el respeto al lado a sus años dieciséis, con que metido en cuadrilla riñe mal y grita bien.

No hay esclavo fugitivo que huye la prisión de Argel, que así vuelva las espaldas como él lo sabe hacer:

que de muchas ocasiones, estribando en un vaivén, se ha librado Malas Manos por tener buenos los pies.

Mejor que hiedra lasciva que al muro abrazarse ve, para escalar una casa trepa por una pared

Desde medio cuerpo abajo la noche suele coger, y poniéndose en celada a todos quita la piel.

De San Martín la limosna jamás le pareció bien, que él quiere la capa entera: ¡no hay particiones con él!

El hombre de mejor capa de todo su lugar es, porque como tantas quita, la mejor viene a tener.

Su capa robara al cielo si no hubiera menester que con ella le cubriera su vida torpe y cruel.

A Valladolid la rica, con quien el sol suele hacer tal divorcio que el invierno de sus o s no la ve:

donde el espeso Esguevilla, emulo de Çapardiel, portador de malas nuevas para las narices es,

a la fama de la feria trajo a la Rocha, mujer que ha cumplido más antojos que en un enfermo se ven.

Es para mucho trabajo tan amiga de hacer bien, que ha nacido para todos: ¡qué generoso nacer!

Cumplidísima en el gasto de su cuerpo, en quien se ve mayor ánimo que obras, Más deseos que poder.

No anduvo decente el padre con tan buen huésped, a quien dio aposento el más inútil que en la casa pudo haber.

Púsola en los arrabales, allá en un rincón, que fue más dalla una sepultura que tienda donde vender.

Hizo cólera la hembra, trajo a la boca la hiel con que le escupió palabras: ¡rayos debieron de ser!;

pues él por dar consonante que fuese de aquel jaez, la clavó los cinco dedos: ¡qué sucinto responder!

Arrancó un grito la Rocha, con un clamor tan cruel que fue rasgando los aires como las aguas el pez.

Resbalose por el pecho de Malas Manos, y en él como culebra se enrosca sin dejarle de morder.

Hizo información del caso con ánimo de ser juez, abogado de la ofensa, que es bien estrecho cordel.

Ya previene la venganza las manos, yo podré prevenir para contarla de otro romance los pies.

OTRO

Con las bascas de la muerte, ya descolorido, el sol del mar se arroja a los brazos, a quien le pide favor.

97

Ya con ojos de metal, pues dicen de plata son los ojos de las estrellas, la noche se presentó:

que con espada terrible de su tenebroso horror, todas las luces del día a cuchillo las pasó:

cuando Malas Manos fue a casa de Antón Muñoz, un hombre que contra Baco sabe hace cualquier traición,

porque siendo tabernero, a este poderoso Dios con el agua su enemiga muchas veces le juntó.

Este ha sido de la hoja gran hombre de un antuvión, en cuyas espaldas hizo el verdugo su labor.

Todas las siete partidas de la tierra visitó con su hembra y su hoja al lado: bien busca-ruidos las dos.

Pero ya viendo que el mundo paga con mal galardón, se recogió a buena vida y una taberna fundó.

En cuya ermita devota le ayuda tanto el señor, que con la espuma del vino más que la espuma creció.

Malas Manos trasladando a la lengua el corazón, porque en materia tan grave le elige por orador,

se lamenta con gran saña de la aleve sinrazón que el guardián de las doncellas en su hembra ejecutó.

Humildemente le pide su consejo y bendición para dar con la venganza la respuesta de su honor.

El Muñoz, que era moreno en el alma, no aceptó tener parte en la pendencia, ser miembro de la cuestión:

que su espada, convertida, guardar el quinto juró y ya es toda su braveza arrimado gigantón;

porque como ya los años le han sido despertador, en esto de valentía está haragán y poltrón.

Y así, le aconseja envaine aquel sangriento furor porque trae con el enojo desconcertado el reloj.

Pídele que eche un rocío templado con la razón sobre los caniculares de su colérico humor,

pues después que él templa el vino con el agua (y ocasión halló de tanta ganancia), la templanza le agradó.

El amparo de la Rocha, lleno de saña mayor, por la puerta sale hurtando los bramidos al león.

Blasfema de la templanza del consejero, y feroz a su espada se encomienda y a su brazo vencedor.

Para la casa de Burgos a la Rocha despachó, que es convento que en España tiene muy, grande opinión.

Fiola de un carretero, capitán que siempre usó cargar de mercadería de carne su galeón;

que estima el ser de la carne de tal suerte portador, que de ella en la misma especie siempre el portazgo obró.

Luego como tuvo nuevas, por lengua de un borrador, que su hembra había llegado a puerto de salvación,

Malas Manos, porque entienda que en los casos de rigor las tiene mejores que otro y que el nombre le agravió,

enderezando la proa dio al cuerpo de su ofensor dos mohadas, de su vida la postrera conclusión,

porque antes que hacer pudiese descarte, le barajó a ser manjar de gusanos el pálido segador.

Mató a un hombre cuya falta hizo a todos compasión, pues huérfanas con su muerte veintiséis hijas dejó.

Él por no verse en la trena en manos de Faraón que le mande hacer la cama sobre aquel potro hablador,

para sacarle después a sufrir muerte y pasión, caballero a la gineta sobre un asno trotador,

mudó con la tierra el aire, porque así decir oyó que a su edad convenía a cierto amigo dolor.

Así iba cantando aquel hidalgo peón; y divertía el trabajo de sus pisadas dando con la voz ánimo a los pies, y a las señoras que le escuchaban tanto gusto que se olvidaron del mal de su compañero y caminaron sin acordarse de él más de dos leguas, porque la voluntad de tales amigos pocas veces es tan apretada que, cuando pase de la ropilla, no se quede entre el jubón y la camisa sin llegar a dar malos ratos al corazón con la memoria del disgusto. Pero como Montúfar hubiese estado escondido en una venta y desde allí visto que el alguacil echaba por diferente camino del suyo, y demás de esto, entendido del ventero, persona de quien él hacía mucha confianza porque había muchos años que se conocían, que aquel ministro de justicia era vara de aquella tierra que salía a tiempo de recorrerla con orden de sus superior, pretendiendo poner así remedio a muchos delitos escandalosos que allí se cometían, sosegose; y esperando en aquel puesto a su escuadra la salió al paso, donde cortando el hilo al canto volvió a poner en pie su cuento, que ya estaba muy caído. Y dijo así:

«—Las enemistades de aquellos caballeros hallaron el fin dichoso, porque un rey prudente que sabe inspirar, como estrella generosa, en los ánimos de sus vasallos amor y temor, con facilidad encuentra los buenos sucesos: ellos te buscan y se le vienen a las manos. Tuvo ocasión Federico y puerta abierta para comunicar al rey porque con él se trató la plática de estas paces; y en razón de lo que se ofreció en este particular en nombre de su deudo y haciendo sus partes, hablaba muchas veces así a la persona real como a sus ministros y consejeros, con tan buenas razones y que armaban tan bien a la materia que se traía entre manos, acompañadas de lenguaje propio y dichas con modo tan admirable, que todos concebían respeto de su ingenio y, le atendían con veneración y gusto porque enseñaba con las razones, movía con las acciones y con el lenguaje causaba deleite. Sacó prendas del corazón del Rey, y hízose tan dueño de su voluntad que empezó a dar nudos de estrecha amistad, revelándole su pecho y fiándole todas las cosas de más importancia; de suerte que, en pocos días, todo el corriente de los despachos llegó a sus puertas. Entrósele sin llamarla en casa la negociación, siendo él solo tan todo para todos que cada uno se hallaba en él a sí mismo. A nadie negó los oídos que buscase, recibiendo a los pequeños con tan cortés y agradable semblante consolándonos en sus necesidades de modo que a los que no les cabía parte en las mercedes del Rey (porque es imposible, aunque el ánimo del privado esté lleno de virtud, acomodarlos a todos, porque si para diez oficios son cincuenta los pretensores, han de quedar los cuarenta en vacío), a muchos de estos y, principalmente, a los soldados, donde la necesidad se dejaba conocer, socorría con limosnas liberalísimas de su hacienda, gastando en esto mucha parte de su patrimonio.

»En poco tiempo creció la buena voz de su nombre. Y murió el mayordomo mayor del Rey; y todos entendieron, y así se lo persuadía Jacobo, que pidiera para su persona este oficio, pero él, considerando que el Rey tenía en su casa muchos criados antiguos, grandes caballeros en linaje, puso los ojos en el más benemérito, haciendo lo mismo con todos los oficios y dignidades grandes que vacaron en su tiempo, que fueron los más, porque en el discurso de diez años que estuvo al lado del Rey y gozó su gracia, dio vuelta entera el cielo de aquella monarquía y se mudaron de todas las cosas a diferente lugar. Procuró hacer mucho bien a sus amigos y criados siendo sujetos capaces, porque en paridad de méritos, quien olvida a los suyos y da la mano a los extraños arguye mal nacimiento y desdice de la naturaleza ilustre de los generosos príncipes.

»Acomodó a Jacobo en tan honrado lugar, dándole parte y mano en todas las cosas, tanta, que en grandeza y estimación casi llegaron los dos a estar iguales, ensanchándose el ánimo de Federico de ver una hechura y fábrica de sus manos tan levantada que le competía, y gozándose más del bien y aumento de aquella criatura suya que del propio que a él le podía tocar, descubriendo en esta condición una naturaleza superior y divina, pues el autor celestial quiso tanto a las suyas que no hizo menos fineza que dar por ellas la vida.

»Admirábase Jacobo, y con razón, de ver que, en tanto tiempo, no solo [no] hubiese su dueño pedido al Rey, para su persona, alguna merced que quedando perpetua en su casa la engrandeciese y enriqueciese más, sino que antes, habiéndole hecho su príncipe muchas mercedes y favores de oficio, se había echado a sus reales pies y suplicole con mucha instancia le diese licencio de renunciarlos en las personas que a él le pareciesen importantes para el ejercicio y ocupación de aquellos cargos, llegando a tener efecto esta pretensión; de suerte que todos se aumentaban y solo el desinteresado Federico empeñaba su mayorazgo y consumía su legítima. Acordábansele las palabras que le dijo cuando entraron en Nápoles, y no sabía qué pudiese ser aquella pretensión tan alta que, con razones amplíficas y llenas de tanto misterio, se la había pintado. Hasta que un domingo por la mañana, cuando la Iglesia celebra la fiesta de aquel Espíritu que con fuego amoroso regala y anima los corazones fieles, estando los dos para retirarse a un oratorio a oír misa, entró un criado de Federico, tan lleno de admiración y gozo que con dificultad se dejaba entender, y le dijo:

»—¡Señor, qué haces aquí escondido! ¡Cómo te sepultas entre estas paredes siendo este el día que el pueblo te bendice, los poderosos te coronan y los Reyes lo aprueban! Y es el caso que esta mañana amaneció una estatua tuya de bronce, bellísima así en la grandeza como en la propiedad de lo que te imita: y parece en la plaza de palacio, la cual está cercada de todo el vulgo, que cantándote alabanzas te ofrece gloriosos títulos como son: el Pío, el Magno, Padre de la Patria, Abrigo de los pobres y Defensor de la nobleza, con otros muchos de este género. Todos la ofrecen coronas de rosas y flores, y la gente principal y poderosa cuáles de plata y cuáles de oro; siendo esta aprobación tan general que hasta los Reyes han hecho el mismo presente. Por cierto, tú, señor, vives entre todos los hombres nacidos felicísimo, porque en todo este ancho y generoso reino de Nápoles eres tan bienquisto que, no solo [no] hay quien te desee algún daño, sino que por el contrario, reinas tan dueño y señor de las voluntades de todos, que ninguno andará contigo tan escaso que no haga su vida escudo de la tuya.

»Después de haberle oído, Federico, atento, volvió el rostro a Jacobo y dijo:

»—Haz que se busque carruaje para mañana; que yo desde aquí voy a pedir licencia al Rey para volverme a mi casa, pues ya habiendo conseguido mi pretensión, no tengo más que esperar en la Corte.

»Y prosiguió, tomándole la mano y apretándosela con afecto de voluntad:

»Este era, amigo, el intento de mi ánimo. Mira si justamente le engrandecí con encarecimientos, pues hacerse un hombre amado de toda una república y saberse guiar de modo que, siendo naturalezas tan encontradas la noble y la popular, entrambas igualmente le amen y estimen, privilegio es del cielo y de los que a pocos ha concedido. Yo sí que me voy de la Corte de Carlos, más que cuantos le han servido, bien premiado y rico. ¿Qué dices? ¿Qué callas? ¿Por qué con tanto silencio te admiras?

»—¡Oh, Señor! —un suspiro y enternecido le dijo Jacobo— ¡Y cómo verdaderamente eres el solo sabio de esta edad! Justamente dijiste que tu pretensión era nueva y desconocida de los hombres de este tiempo, pues ninguno fuera por estos pasos, porque los has dado tan ocultos que el fin de ellos no fue conocido hasta que conseguido. ¡Despierten las plumas de los gentiles espíritus de Italia y córtense delgadas para la alabanza de tan glorioso triunfo! ¡Oh ánimo no ambicioso de interés, cuanto interesado en ambición! Tus obras serán entretenimiento de la fama, ilustre por serio de tan buenas obras. Vamos, señor, a palacio, que si el Rey te concede la licencia, que dudo, porque no ha de querer desposeerse de tal amigo, tú te retiras en ocasión prudentísima, porque ya has llegado a pisar tan sobre las puntas de la cumbre de la felicidad, que si te quedas en la ocasión te pones, no teniendo esperanza de mayores aumentos, a peligro de perder tantas conquistas como has hecho de voluntades.»

CAPÍTULO 10

Hacen noche, una jornada de Sevilla, nuestros caminantes; y saliendo con el alba de la posada, el mozo de mulas da fin a su canto y Montúfar a su novela.

TAN cansados llegaron todos al lugar y con tan buen ánimo el vientre para acometer contra cualquier cosa que le pusiesen delante, que Montúfar no se acordó más del señor Federico y se le dejó con su secretario Jacobo en buena conversación, pareciéndole que a dos hombres que eran tan discretos y amigos no les faltaría plática para toda aquella noche, y que él podía con mucha seguridad tratar de la cena. Hízolo así con aplauso general de toda la compañía, que igualmente traía dispuesta la voluntad. Cenose regalado y abundante, y danzaron los brindis tan aprisa alrededor de la tabla, que si todos los comensales no tuvieran más del color moreno que del blanco y rubio, hubieran pasado por flamencos. El vino trajo a su compañero el sueño, que fácilmente le introdujo en los miembros de aquella comunidad por apelar sobre el cansancio y fatiga de la jornada; hasta que la risa del alba los despertó y volvió al camino. Pero como aún Montúfar no tuviese acabadas cuentas con el sueño y le faltase por satisfacer una partida, y como buen soldado se hallase con tanto valor que le impidiese el trote de la mula, para cumplir con esta petición no pudo por entonces volver a la plática, y, en el entretanto, para que le sirviese de ayuda el canto, a instancia de aquellas señoras el mozo de mulas, volviéndose a entonar segunda vez con no menos gracia que la primera, tomó a Malas Manos en la boca y, arrojándose con un grito tan fuera de compás y término de buena música que las espantó, prosiguió de esta suerte:

Dando pasos liberales, siendo carga de un rocín, vuelve descortés espalda a la gran Valladolid

el que hizo con el padre de tanta moza gentil el estrago que en las almas suele hacer el dios Machín.

Hacía Valencia camina, campaña hermosa y feliz, pues la dura todo el año la recámara de Abril;

cuyos azahares, que labran un generoso jardín, siendo amargos a los labios son dulces a la nariz.

Toda gente de la era le ha salido a recibir, que le aclaman valeroso por hazaña tan civil.

Quiso dar luego señal de su bendito vivir y que las obras pregonen quién es el que viene allí.

Y a la hija regalona de cierto oficial sutil en consolar un zapato cuando se quiere morir,

pues aunque esté más caído y le amenace su fin, en pie le vuelve a poner porque en pie vuelva a servir,

la robó de sus paredes con sagacísimo ardid, siendo virginal bocado, que es lo más que hay que pedir:

pues si el mundo se rigiera como me parece a mí, beber frío y gozar virgen vedara a la gente vil.

Usurpó su flor primera el bisnieto de Cegrí, que andándose en estas flores de un árbol vendrá a morir.

Avisola en el lenguaje del germánico latín, lengua para el Calepino lo que el griego para mí.

Dio con ella en Zaragoza, donde la hizo servir de obligado de la carne, plato del bueno y del ruin.

Era la moza ojinegra, más bella boca no vi: cada labio es una rosa, cada diente es un jazmín.

Vestida con un vaquero levantar puede un motín según la sigue rabiosa la ignorancia juvenil.

Llamados de su belleza, que es clarísimo clarín, todos vienen con sus cuartos para dar y recibir.

Ella tiene buen despejo Y es mujer tan varonil que, sin empacharse en nada, con todos sabe cumplir.

Cierto hijo de vecino, que es aperreador gentil de las damas, porque a muchas dar perros muertos le vi,

usó de la misma gracia con ella, sin advertir que aun se castigan agravios hechos contra su chapín.

El hijo de la Tovar, avariento en el sufrir, tan sangriento en las venganzas que le queda atrás el Cid,

por su mal le halló en el coso cuando el plateado candil que trae la dormida noche se planta en nuestro cenit:

y, sin decirle "¡agua va!", le arrojó su bergantín dos balas, y no de azúcar, mortales de digerir

por boca de una pistola. Dieron un grito infeliz: naturales de Vizcaya eran a lo que entendí.

Saliose el alma de casa con el ruido, y al huir el cuerpo abrazó la tierra por ver que es su madre al fin.

Romper quiso por los vientos con más bríos que un neblí el autor de aquella sangre, temiendo su San Martín;

pero el señor Zalmedina, sin fiarse de alguacil, le llevó a la casa honda que jamás vistió tapiz;

donde sin darse en los pechos, que no se los quiere herir, le dijo a voces su culpa; la penitencia fue así:

OTRO ROMANCE

Antes que el Sol cuatro veces, sobre su carroza azul, se humanase con la tierra comunicando su luz,

mandó el señor Zalmedina llevar a nuestro Gazul a una cama donde le echen eternamente a la mu.

107

Ya traen para consolarle la imagen del buen Jesús. que dio fruto de la vida en árbol de muerte y cruz;

el que rescató las almas de la eterna esclavitud y las hizo vencedoras del enemigo común.

Ya los padres religiosos, que tratan de la salud de su alma y que conquiste aquel celestial Perú,

templar quieren para el cielo este, aunque humano, laúd, como su arpa solía aquel yerno de Saúl.

Cierta señora africana, mujer de mucha virtud, tan familiar con los diablos que a los más llama de tú,

como a pariente le llora antes de ir al ataúd, Y en vez de decirle misas se le encarga a Belcebú.

Ya la cadena de esparto se pone, y negro capuz viste para la jornada sin prevenir más baúl.

Todos aquellos hidalgos que hacen mal rostro al testuz y que comen pasa e higo con más gusto que alajú,

aullaban por su muerte, y con triste betún se afeaban los vestidos: ¡Oh triste solicitud!

Entre hembras del mercado fue el sentimiento común y la que hizo menos muestra bien lloró más de un almud.

Los compañeros del rancho, con dolorosa inquietud se bebieron más que cabe la cuba de Sahagún;

que así lloran por su amigo en su estrecha esclavitud, el día que ellos conocen que le quieren dar tus mus.

Desmayose, y los ministros de Herodes, haciendo el buz, le ruegan que coma un poco, y él les responde "non plus";

porque ve que aquel regalo que no es para más salud, que por eso a perro viejo se dijo que no hay cuzcuz.

Más porfiárosle tanto, que por ir con la común bebió más que perro en siesta Y comió más que avestruz.

Paseáronle por las calles: y, al fin, de su juventud, entre los pies del verdugo sus años hicieron flux.

—Enronquecerme han hecho Vs. ms. —dijo el pedestre caminante—: pero porque un honrado mancebo tratante en mulas ha de dar la obediencia a los amos con quien caminare, y yo me precio de tan agradable que, por hacer gusto, me dejaré freír, he querido verles el fin a estos romances, aunque voy, tan seco en el paladar y enjuto en el estómago como se deja considerar.

—¡Oh qué bien —dijo la bellísima y sutil Elena— pediste tu ayuda de costa!, pues de suerte representaste tu necesidad que casi nos has encargado la conciencia, como a las que fuimos, con haberte hecho cantar, las despertadoras de tu sed. Toma ese pedazo de plata con la imagen de los castillos y leones y estima esta merced en tanto como ocho reales, porque con eso la das todo el valor que merece.

Agradeció Sebastián, que así se llamaba, la liberalidad de la mano hermosa y dio buenas esperanzas a su garganta para la primera ocasión. Ya estaba desatado del sueño Montúfar, que puestos los ojos en Elena dijo:

—Si V.m. es tan agradecida con los que la entretienen que sabe ser generosa, animarme debo yo a proseguir mi relación, que podrá obligar por verdadera y admirable lo que desagradare por mal referida:

«—A la puertas de palacio, después de haber cumplido con el precepto de la misa con la atención y cristiandad que nos podemos prometer de dos hombres tan bien entendidos (porque verdaderamente todos los actos de virtud son naturales y propios efectos de un alto ingenio), llegaron Jacobo y su favorecido Federico en el mismo tiempo y hora que el Rey estaba cercado de todos los grandes y poderosos príncipes de su reino, que a una voz, y siendo común el deseo, le suplicaban se sirviese de no dar oídos a tantos embajadores extranjeros que de parte de sus príncipes hacían instancia por la serenísima Casandra, hija única suya y heredera de sus estados, pues podía de entre ellos mismos, siendo los más sus deudos y todos procedidos de su real sangre, elegir uno, el que más acepto fuese a su voluntad, para cabeza coronada; en que haría dos cosas: a ellos favor y singular merced y a los vulgares y plebeyos pondría freno en su inquietud, que ya algunos habían mostrado los ánimos dolientes y inclinados a escándalo, representándole para esto algunas desgracias que sucedían en la ciudad después que había corrido la voz por parte y en favor del de Hungría, pues sin guardar el respeto y decoro con que todas las repúblicas tratan a los embajadores se habían entrado por su casa, con mano armada, hiriendo parte de sus criados y defensores. Viose el Rey en lugar estrecho y obligado tanto de la petición justa que les dijo:

»—Caros parientes y verdaderos amigos, de cuyo fiel vasallaje y leales ánimos tengo hecha larga y segura experiencia: yo soy quien os quiere con amor de padre, y como tal, el que más ha procurado daros dueño y superior que, conformando con vuestra naturaleza y costumbres, participe de vuestra sangre y nobilísimo deudo; mas he temido siempre no acertar con esta elección tan a vuestro gusto como yo querría para conseguir el fin de la paz, porque mi deseo y voluntad solo camina a excusar las guerras civiles que de esto se podrían seguir, pues cualquiera de vosotros piensa, y con razón, que iguala a los demás en valor y sangre y querrá para sí la compañía de Casandra, en quien son tantos los dones de naturaleza que, respeto de ellos, es pobre en los de la fortuna con ser heredera forzosa de este reino de Nápoles. Y así quiero remitir esto a vuestros propios votos, y daros en eso toda la mano que tengo, para que si, lo que Dios no permita, por castigo de nuestros pecados la elección se errase, no forméis de mí la queja sino de vosotros mismos; por eso, animaos y en nombre de Dios, cuya virtud invoco, llegad con gallarda resolución y desnuda de toda pasión y propio interés a darme el voto.

»Así digo, cuando hincando la rodilla el Condestable y besando la mano al Rey propuso de esta suerte:

»—Dado caso, señor soberano, que yo no puedo votar por mí y que es fuerza hacerlo por otro tercero, después de mí a nadie quiero ni debo más que a Federico, porque confieso haber recibido de su mano más buenas obras y particulares beneficios que del padre de quien fui engendrado; ultra de esto, si yo pongo los ojos en la conciencia, esa me señala por la persona de más méritos y partes más convenientes a este magnánimo caballero, en quien las virtudes se esparcieron tanto que, desde los pies a la cabeza, le cubren y rodean, siendo este el traje que más le ilustra y adorna; porque, señor, ¿quién ha hecho a la justicia mayores amistades guardándola siempre el decoro y reverencia? La paz, ¿por quién vive y reina durmiendo segura y quieta si no por su desvelo y vigilancia? ¿En qué boca se halló la verdad tan igual y tan a todos tiempos? Su caridad nació en el cielo y su modestia y templanza son tales que no tienen parentesco ni aun remoto con las criaturas de la tierra. Estas que he dicho partes son que a cualquier hombre, en todo estado, le hacen bueno y loable; pero Federico tiene, entre muchas, dos particularísimas para reinar, y de suerte corroboran y fortalecen mi opinión que queda más inexpugnable que la roca fuerte que se burla de las olas del mar cuando, arrogantes, le meten al cielo la guerra en su casa y no perdonan las estrellas, y son: la una, el ser sobre todos los nacidos de desinteresado y liberalísimo, y hombre de quien se sabe que un día que se retiró temprano por andar con poca salud a la cama, volviendo a verle el médico que había dos horas o poco mas que acababa de estar con él, le halló crecidos los accidentes de la calentura y ocupado de una grave melancolía. Preguntada la ocasión, dijo:

»—¿Qué quieres? ¡Triste y miserable yo! No me preguntes cosa, que me ha de afrentar la respuesta. Sabe que luego que tuve uso de razón firmé en mi alma un propósito con las fuerzas que pudiera un voto: que no se me había de pasar día sin que hiciese a mis criados o vasallos alguna merced grande o pequeña. Y este, bien es verdad que ha sido el descuido causado de mi poca salud, me ha cogido la noche sin haber comunicado mis manos algún bien a los míos.

»—¡Oh palabra digna de hombre que ha nacido para Rey! ¿Hay natural que más ajuste con la corona? Pues este caballero, desde el día que empezó a hacer merced reinó, porque si no tuvo el nombre de rey, que es lo menos, alcanzó el uso y ejercicio, que verdaderamente es lo más. La otra razón es que ya todos en el reino estamos enseñados a obedecerle muchos años ha, si no bien, como a rey original, como a sombra y retrato de V. Majestad, que esto es un privado, y le miramos con particular respeto y veneración, lo que en otro cualquiera ha de suceder al contrario, pues ha de pasar con violencia de amigo y compañero a ser príncipe y señor absoluto nuestro.

»Todos los demás señores confirmaron el parecer del Condestable y dijeron que cada uno en su ánimo, aun antes que él hablase, habían conocido las propias razones, de modo que se admiraban entre sí cuando le oían de verle que se ajustaba tanto a su opinión y sentencia. En esta ocasión llegó un recaudo al Rey de la Reina en que le suplicaba, de parte suya y de Casandra, que si la habían de casar con vasallo, como se entendía, fuese con Federico. Cuando, rompiendo la guarda, una multitud de pueblo desordenado entró por palacio pidiendo a voces lo mismo.

»El Rey, que amaba a Federico con amor de padre y vio que aquellos mismos, por cuyo miedo él no había efectuado estas bodas le hacían instancia pidiéndole por merced aquello en que le hacían mucho gusto, entregó su hija única y heredera, Casandra, a su favorecido Federico, con gusto y aplauso universal, cuando él estaba más descuidado y ajeno de esta pretensión, que era tan alta que desvelaba a todos los príncipes de la Europa; sacándose de este suceso una moralidad admirable: que el mejor camino para conseguir todas las cosas es el desprecio de ellas.

»Jacobo casó en palacio con una dama de las de más calidad, riqueza y hermosura; celebrándose estos casamientos con fiestas y regocijos generales.

»Vs. ms. podrán creer de este cuento lo que fueren servidas, porque no es artículo de fe y yo dejo a cada una libre la voluntad y el crédito.»

Así dijo Montúfar, con que dio fin a su novela y los oyentes principio a sus alabanzas.

CAPÍTULO 11

Entran en Sevilla Elena, Méndez y Montúfar, donde con artificio traen a su devoción todo el pueblo, hasta que después de algunos días descubren las manchas de su mala vida, pagando con ella Méndez la culpa de todos.

APEÁRONSE una legua antes de entrar en la ciudad, dando allí entera satisfacción al dueño de las mulas; y esperando a que fuese de noche para hacerlo se recogieron en un mesón. El día siguiente alquiló Montúfar una casilla pobre, y aderezándola honestamente, porque así convenía para poner en ejecución el modo de vida que entre los tres venía concertado, se pasaron a ella; donde vistiéndose él de buriel pardo, ferreruelo largo y sotana que llegaba hasta la media pierna, y poniéndose calzas groseras de lo mismo y zapato de baqueta, con una campanilla en las manos salió por las calles diciendo en altas voces una y muchas veces: "¡Loado sea el Santísimo Sacramento!", instituyendo en los muchachos de la ciudad esta buena costumbre, enseñándoles de camino la doctrina cristiana. Hacía esto el galeote con tanto arte, acompañando así el rostro como todas sus acciones de cuidadosa modestia, que en pocos días se alzó con las voluntades de la ciudad y halló en todas gentes, así en la ilustre como en la plebeya, general aprobación. Pedía limosna para los pobres de las cárceles, a quien llevaba de comer todos los días sobre sus hombros cargándose unos esportones llenos de todo bastimento (¡oh ladrón, ladrón, no te faltaba más que dar en hipócrita para poderte coronar justamente por príncipe y capitán de los viciosos!).

Acreditábanle cada día más estos ejercicios verdaderamente de virtud aunque no usados con ella; tanto, que ya le seguía mucha parte del pueblo con admiración y reverencia.

Corrían Elena y Méndez en hombros de la misma fama porque entrambas, en hábito de beatas y dándose nombre la una de madre y la otra de hermana del bienaventurado, se ocupaban en visitar los hospitales, para cuyas camas hacían labor: ya sábanas, ya almohadas y tal vez camisas; y en mucha cantidad, todo por su cuenta y a costa por entonces de sus bienes.

Acertó, por su desdicha, a llegar un hombre honrado de la Corte a cierta comisión despachado por el Consejo de Hacienda; y como los viese salir un día a los tres de la Iglesia Mayor cercados de innumerable pueblo que les besaba los vestidos y les importunaba con mucho afecto que se acordasen en sus oraciones, reconociendo bien la gentecilla porque él había tenido familiar trato con Elena y sabía la calidad de las almas de los tres, y que no daría el diablo la acción que tenía a ellas por ningún dinero, ardiendo en cristiano coraje y pesaroso de que usurpasen aquellos la gloria que se debe a los que viven sin pasar los límites de los diez preceptos de la ley divina, rompiendo por el vulgo les dijo, dando una puñada a Montúfar:

—Gente invencionera, ¿por qué miráis tan mal por la honra de Dios?

No quedó sin venganza esta precipitada resolución, porque, aunque fue justo castigo, los que cercaban a Montúfar le llamaron agravio; pues dando todos sobre él te rompieron el cuello y las muelas a mojicones, y echándole en tierra, estuvo a peligro de restituir su alma. Pareciole a Montúfar que en ningún tiempo convenía mostrar mayor esfuerzo y que si daba espaldas en aquella ocasión sería conceder mucha flaqueza, desacreditando infinito su opinión. Y así pensó, una cosa, que luego ejecutó, que le dio mayor crédito con el pueblo y reconcilió el ánimo de su enemigo. Apartó la gente diciendo:

—¡Lugar, por caridad! ¡Déjenme llegar, por amor de nuestro Señor! ¡Sosiéguense, por la limpieza de la Virgen!

Como todos le respetaban tanto y su voz tuviese fuerza en sus almas tan particular que obedecían su consejo, corrigiendo el enojo abrieron plaza por donde pasase a donde estaba aquel desdichado. Como le vio de aquella suerte, aunque su corazón se gozó allá dentro sabroso con satisfacción tan cumplida, el rostro mostró estar de diferente parecer, pues después de haber reprehendido la libertad del pueblo con palabras ásperas y dicho: "¡Yo soy el malo! ¡Yo el pecador! ¡Yo el que jamás hizo obra de que se pagasen los ojos de Dios! ¿Pensáis, aunque me veis así, que no he sido toda mi vida un ladrón vil con mal ejemplo de la república y grave daño de mi alma?; pues estáis engañados. ¡Contra mí vienen bien las saetas! ¡Desnudad para mí las espadas y tiradme a mí las piedras!", se arrojó a los pies de su contrario y, besándoselos, no solamente le pidió perdón, sino que luego, como no pareciesen, porque todo se había perdido entre la confusión, su espada, sombrero, cuello y ferreruelo, le llevó mano a mano por las calles de la ciudad, y comprándole todo lo que le faltaba, le despachó con rostro risueño dándole muchos abrazos y bendiciones.

El hombre fue como encantado, y tan corrido que sin dar fin al negocio, aunque le traía en buen estado, hizo ausencia de la ciudad pensando que el demonio, sin duda, era el autor de semejante treta; y arrepentido mucho, porque le pareció imposible que en el ánimo de Montúfar hubiese lugar desembarazado para tanta humildad; y que siendo así, él se había engañado y caído en el error y culpa de los ojos, que con tanta facilidad están sujetos, como los otros sentidos, a mentir y no dar todas veces con la verdad. Como este acto de humildad se representó a vista de tanta gente, alzó la plebe la voz, entonaron los muchachos el grito "¡Santo, Santo, Santo!".

Empezó luego a gozar de una vida poltrona, porque a porfía y haciéndolo pendencia, le llevaban a comer cada día el Veinticuatro, el Caballero, el Señor de título, el Asistente, el Canónigo y la Dignidad. Fingía tener grande sencillez de corazón. Si le preguntaban su nombre, respondía:

—El jumentillo, la bestezuela, el muladar, el lobo hediondo, el inútil.

Con esta buena fe visitaba todas las mujeres principales, revolcándose el jumentillo más en los estrados que en los establos. Débanle limosnas liberalísimas, recogiendo Elena y Méndez por su parte otras muchas de no menor cantidad, porque era en la virtud igual la opinión. Enviábalas cada día una señora viuda, rica y muy caritativa, porque esta gustó de acudir a su ordinaria necesidad, dos platos regalados para comer y otros tantos para cenar, aderezados con mayor limpieza y regalo que si fuera para su persona. La casa no cabía de presentes ni de visitas de señoras: la casada honesta que deseaba hacerse preñada y gozar fruto de bendición acudía a verlas, y por su mano, pensando que así iban seguras, daba sus peticiones para el tribunal de Dios, haciendo lo propio la que tenía el hijo en las Indias para que volviese con salud y riqueza a sus ojos. También la desconsolada por el hermano preso y la perseguida viuda que por su desdicha pleiteaba con juez ignorante, escribano mal intencionado y enemigo poderoso, entraban por sus puertas y se engañaban creyendo que en sus labios estaba su salud. Esta enviaba las conservas; la otra, la ropa blanca; aquella, la limosna gruesa: nadie venía a su capilla sin dejar ofrenda. Y ellas, muy falsas y más llenas de ceremonias que colegiales, daban respuestas breves y por la mayor parte dudosas, como verdaderas discípulas de la doctrina del demonio.

Tenían, para cumplir con los que venían a casa, unas camas humildes y penitentes; pero como se hallaban siempre, con ocasión de que era ya para dar una cama a la pobre y necesitada viuda, ya a la doncella huérfana que se casaba, con bastante en casa de rimas de colchones, buenas sábanas y mejores almohadas, en cerrándose la puerta de la calle, que en invierno a las cinco y en verano a las siete lo estaba con más puntualidad que la de un convento de recoletos, mudaba la casa pelo: los asadores hacían su oficio; cual tomaba por su cuenta el conejo, cual la perdiz, cual el capón. Cubríanse las tablas luego de manteles limpios y olorosos adonde los tres cenaban con buen ánimo y bebían valerosamente. Y porque no se quejasen aquellos colchones de que siendo buenos los tenían siempre arrimados como si fueran muy malos, aprovechábanse de ellos con nobleza y hacían unas camas tales que su blandura y suavidad era la verdadera salsa del dueño: durmiera en ellos un celoso, con ser este el cuidado que más inquieta el espíritu. Y aunque, gracias a Dios, había suficiente ropa en casa que se pudiera hacer con ella muchas camas, como esta gente era virtuosa y enemiga de prodigalidades, se contentaban con dos solas, porque Elena y Montúfar, siempre a las horas del acostar hacían compañía con el seguro de la hermandad en cuya opinión vivían. Ellos se pagaban de tanta estrechez, y eran tan buenos que se hallaban mejor así que pasando la noche a sus anchuras: Elena era siempre, de su condición, medrosa, y no reposara bien en una cama solitaria. Tenían dos criados, macho y hembra, aprendices del arte; y tanto, que también en el modo de dormir imitaban a sus señores. Así hacían penitencia hasta la mañana: esta era su oración mental, su disciplina y áspero silicio.

No se daban manos a engordar, y decían los que simplemente los miraban con devoción:

—¡Bendito seáis vos, Señor! ¡Y cómo premiáis a quien os sirve!, pues viviendo estos una vida tan llena de aspereza están más gordos que los que gozamos los regalos y pasatiempos del mundo.

Calla, necio, y perdona que te lo diga en tus barbas: que no es milagro; por tu vida que no has acertado con la cuerda; poco se te entiende de este instrumento. Pregúntale al tiempo en qué consiste este misterio, que a breves vueltas, a cortos rodeos, te pondrá la verdad delante, y tan fácil que la podrás tratar con las manos y admirarte entonces mucho más de su maldad que ahora de su virtud.

En menos de tres años enriquecieron, porque demás de los regalos y dádivas grandes que les hacían los poderosos ciudadanos de Sevilla (que cada uno de ellos tiene, esto es lo más general, un mar en el ánimo que siempre está de creciente y jamás de menguante), sisaban de la bolsa de Dios con poca vergüenza: hurtaban la tercia parte del dinero que les daban para limosnas, que era infinita suma, y guardábanlo todo en oro; no amparaban en sus cofres ni permitían que en ellos tuviese asiento moneda que fuese de otro metal, desdeñándose mucho de comunicar aquellos reales de a ocho segovianos y mirándolos con desprecio. Publicaban sus apasionados que por ellos y sus oraciones hacía Nuestro Señor infinitos favores a aquella ciudad y perdonaba las culpas de tan grandes pecadores como en ella vivían. En naciendo la criatura en casa de gente ilustre, para que se lograse y creciese en el servicio de Dios, los hacían a ellos los padrinos del bautismo. Sin su bendición y parecer no se efectuaba ninguna boda. La visita de mayor regalo y consuelo para los enfermos era la suya, porque creían que su voz bastaba a dar salud.

Enojose el cielo y, no pudiendo sufrir que tanta maldad durase permaneciente, corrió la cortina de la hipocresía de golpe y viéronse desnudos los vicios. Y fue así: Montúfar, que era colérico, solía poner las manos más veces de las que era menester en su criado; y aunque él le había pedido que mudase de paso porque aquel era muy alto, y tanto que con él no caminaría muchas leguas, no quiso, o por mejor decir, no pudo vencer su condición. Y así, un día, sobre pequeño interés, le hizo una sangría en las muelas: diole algunos mojicones con determinación. El mozo cogió la puerta y, tropezando en su misma cólera más que en las piedras, fuese a dar parte a la justicia, no del mal tratamiento, aunque llevaba los testigos en sus encías ensangrentadas, sino de la cautelosa vida de sus amos. Estaba Elena en casa y habíase hallado presente a la pesadumbre, y como tenía espíritu diabólico, recelándose de algún grave mal aconsejó a Montúfar que, recogiendo el dinero, pues por estar todo en oro se podía hacer con facilidad, se retirase con ella a casa de una amiga suya de confianza y con quien ella había siempre comunicado sus más escondidos intentos. Agradole el parecer y ejecutáronle con diligencia: desampararon la humilde casilla, donde sola quedó la criada sin saber a qué parte hacían su viaje.

No pudo ir con ellos Méndez porque no estaba en casa, ni fue avisada porque no se hallaron con persona a quien encomendárselo. Dentro de pocas horas entró la justicia y, tomándola juramento a la criada, que conformó con lo que el otro testigo había declarado, preguntaron por los hermanos benditos y gloriosa madre. De ellos no les supo dar razón, aunque más fue importunada, porque no tuvo parte en su fuga. Embargaron los bienes que había, que ropa blanca era mucha la cantidad y la despensa no estaba tan mal proveída que por lo menos no llevasen con qué regalarse, para más de cuatro pares de días, el alguacil y hermano compañero en cuya pluma está la salvación o condenación de las haciendas, honra y vidas de los hombres. Ya ellos se iban cuando, muy lejos de este suceso, bien distante de esta imaginación, entraba por casa Méndez. Dieron sobre su persona los corchetes y, cargándose de aquel cuerpo como de cosa propia, le vaciaron en la cárcel, donde se encomendó que se tuviese el cuidado que con persona de tantas prendas convenía. A los criados se les hizo treta, porque habiéndola ido a acompañar hasta la prisión, los dejaron dentro, por haber sido encubridores y partícipes en el delito, hasta la hora presente. Fuele tomada su confesión y, aunque era vieja y tenía la voz desentonada, cantó aun mucho más de lo que estaba procesado. Y así, dentro de dos días, le dio libranza el juez sobre el verdugo de cuatrocientos azotes de muerte, que se los pagó a letra vista. Siguiéronla detrás los criados, por ser aquel el lugar que llevan los que sirven cuando van con sus señores. Y diérenles a doscientos, porque no convenía a la reputación de su señora que a los ojos de aquella ciudad, donde era tan conocida, fuese tan bueno Pedro como su amo y los igualasen con ella. No vivió Méndez más de cuatro días después de aquel trabajoso paseo, porque los azotes fueron crueles y los años eran muchos. Con esto salieron de la cárcel en un mismo día: ella para la sepultura y sus criados, que estaban condenados a destierro del reino, a cumplirle.

CAPÍTULO 12

Elena y Montúfar huyen a Madrid, adonde se casan y viven con infame libertad hasta que acaban sus días miserablemente.

MÁS pudo la prevención de Elena que la mucha diligencia de la justicia. Buscábanla dentro y fuera de la ciudad; no había parte adonde no la cercasen con asechanzas; y ella, como cuerda, estábase a la mira cerrada en una casa de confianza y seguridad hasta que pasasen los rayos. Corriose el vulgo de haber sido engañado, y volviendo el devoto respeto en insolente venganza, si mucho habían cantado en sus loores, más dijeron afeando sus vicios. Los muchachos, que en todos los casos públicos tienen parte y no la menor, les hicieron coplas en aquel modo que ellos saben, donde por lo menos dicen lo que quieren, y muchas veces con tan buena gracia que los hombres cuerdos y de cuyo parecer se hace siempre caso no se admiran poco. Pero la variedad de los sucesos, que trayendo unos olvida otros, dio de mano a esta novedad; y tanto, que se puso silencio en ella como si nunca hubiera sucedido. Entonces salió Elena y su compañero Montúfar, y arrebatando el camino de Madrid, vinieron públicamente, quietos sus ánimos y bien seguros de que nadie les iba a los alcances.

Entraron en la Corte ricos y casados, y la cara de Elena con tanto derecho a parecer hermosa que quien la daba otro título no la hacía justicia. Los primeros días se trató de recogimiento hasta que se aseguraron de que don Sancho de Villafañe estaba en Toledo, tan despicado de los amores como del hurto. Y así, poco a poco, fueron sacando el cuerpo del agua y empezaron a reconocer la tierra. Obligose Montúfar, cuando se dio por esposo de Elena, a llevar con mucha paciencia y cordura, como marido de seso y al fin hombre de tanto asiento en la cabeza, que ella recibiese visitas; pero con un ítem: que habían de redundar todas en gloria y alabanza de los cofres, trayendo utilidad y provecho a la bolsa, y que siendo esto así, no pudiese afilar sus manos en la cólera para ponerlas en ella. Movíanle para que hiciese esto grandes razones al honrado varón, y la mayor y más fuerte era el ver que se usaba mucho y parecía bien, y que él, en materia tan grave, no había de introducir costumbres nuevas, pues hasta en las cosas pequeñas, como en ponerse unos puños algo mayores de los que se usan comúnmente, es mal admitida la novedad y se alborota un vulgo que en todas partes es bárbaro. Tomó el hábito en la religión de los maridos cartujos y profesó como los demás el voto de callar siempre, seguro de que no se le dilataría hasta la otra vida la corona de lo que padeciese en este martirio, porque luego te saldría a la frente, y al paso que fuese padeciendo vería coronarse.

Ella dio parte de su venida a las amigas importantes, a las mujeres de negocios que saben con habilidad acomodar gustos ajenos mejor que si fueran propios. Estas vinieron, y sacándola ya un día a la comedia, ya otro al prado y ya a la Calle Mayor al estribo de un coche, donde mirando a unos y riéndose con otros, no despidiendo a los que se llegaban a conversación, empezó su labor y volvió con más danzantes a casa que día de Corpus Christi.

El señor, el amado esposo no faltaba a lo capitulado, antes con su mucha modestia animaba a los amantes cobardes a que se atreviesen y los traía de la mano hasta dejarlos sentados con su mujer en el mismo estrado. Procuraba arrimarse siempre al lado de hombres de sustancia, más en la bolsa que en el ingenio; y a estos, aunque trajese la ocasión arrastrándola por muchos rodeos, alababa a su mujer con peregrinos hipérboles; tanto, que por su relación quedaban enamorados; y por no hacerlos penar mucho, como él era tan negro de bueno, sin dalles lugar a que le cansasen con ruegos importunos les ponía la cara a los ojos, para que el que la quisiese la matase, asegurándoles de que no entraban en lo vedado porque él tenía aquella recreación para todos sus señores y amigos. Después de haber comido, a medio día pocas veces volvía a su casa; pero por si acaso alguna vez lo hiciese desadvertido y hubiese ocupación de respeto por donde le estuviese bien aun no tocar los umbrales, ponía siempre una seña en la ventana; alzaba él los ojos desde la esquina de su casa no con pequeña pesadumbre y miraba lo que el índice señalaba, y si no había lugar de entrar, alegrábase infinito considerando que aquello era todo acrecentar hacienda; y volviendo las espaldas vase un rato a alguna casa de juego, donde todos le hacían lugar: unos de cortesía en honor y reverencia de su esposa, a cuyo blanco tiraban los más; y otros de miedo de las armas que traía en la cabeza, recelándose justamente de algún peligro, porque el daño que les podía hacer aquel hombre no estaba en su mano sino en su frente.

Muchos picaron en la sartén, pero ninguno más bien que un hidalgo granadino, hombre de tanta calidad que estaban los papeles de su nobleza, ya que no en los archivos de Simancas, en la Inquisición de Córdova. Este, pues, que descendía de ciudadanos de Jerusalén y tenía su solar en las montañas de Judea, sacó, por servicio suyo, de las cárceles obscuras donde había largo tiempo que vivía aprisionado, su dinero: vieron la luz del cielo sus doblones y supieron en qué parte de Madrid estaba la Platería y Puerta de Guadalajara, quedándose mucha cantidad de ellos en ella. Este mezquino ensanchó el ánimo y arrojó por la tierra la gruesa hacienda que había adquirido desde los humildes principios de tendero de aceite y vinagre, papel y agujetas de perro; y él, que fue escaso con su persona y se negó muchas veces aquello por que forzosamente ejecuta la naturaleza para la comida y el vestido, entonces liberal, ocupó sus cofres de ricas galas; los escritorios, de costosas joyas; las paredes, en invierno, de paños herejes flamencos, y en verano, de telas católicas milanesas. Diole tantas camas como colgaduras y tantos estrados como camas. La holanda se la metía a piezas, el lienzo a cargas. Tenía, solamente para regalarla, en todas las partes correspondientes: de Portugal le enviaban olores atractivos, costosos dulces, barros golosos; de Venecia, generosos vidrios; de Galicia, pescados; de la Montaña, perniles; de Sevilla, aceitunas; de Aragón, frutas; de Barcelona, estuches. En haciéndose en la plaza cualquier fiesta, le alquilaba la mejor ventana. Sustentaba un coche, por su servicio, que todos los días, por las mañanas a las siete y por las tardes a las dos, se le clavaban a sus puertas por si quería salir de casa. No había bello jardín o casa de recreación en la Corte que para ella tuviese llave. Todos le concedían paso franco porque la diligencia del pobre amante se ocupaba solo en solicitarle su gusto. Agradábase Montúfar mucho del trato de este caballero cuyos pasados trajeron la cruz del Santo Pescador. Echábale muchas bendiciones cada día, porque cuando estaba a la mesa y comía alguna cosa de particular regalo, decía: "¡bien haya quien tal envío!" Cuando se sentaba en la silla, decía: "¡bien haya quien tal me dio!" Cuando miraba a la colgadura: "¡bien haya quien tanto bien me hizo!" Al fin, no había trasto en casa que no le diese ocasión para cubrirle de bendiciones.

Reíasele la fortuna y mirábale apacible al honrado paciente, hasta que un día se volvió el viento, y el mar, que estaba leche, bramó con espantosa borrasca. Vio que Elena admitía la conversación de un mozuelo inútil, de estos que toman siempre a la una de la noche pesadumbre con las esquinas y juran después a la mañana que las mellas que hicieron a su espada procedieron de dar muchas cuchilladas en los broqueles de su contrario. Advirtiola una y muchas veces que no lo hiciese; pero como ella perseverase, y tanto que, de celoso y corrido, volvió las espaldas a más no poder el caballero del aspa, sacándola al campo un día por engaño, Montúfar tomó satisfacción imitando el castigo que hizo en ella y en la ya difunta Méndez camino de Burgos.

Cegose Elena de cólera y, suspirando por la venganza, puso luego las manos en la masa. Cenaban una noche juntos después de haber pasado algunos días, al parecer, ya muy amigos. Pero el ánimo de Elena estaba armado y tan deseoso de sangre como se vio por el suceso. Pidió él, como otras veces solía, algún dulce para postre de la cena; y levantose ella muy solícita de la mesa, dando a entender que el cuidado de regalarle le inquietaba, y trajo un vidrio de guindas aderezadas con tanto olor que, en poniéndole sobre los manteles, le animó más el deseo. Abriole y, con buen ánimo, se entró por el dulce adelante hasta verle el fin. Pero apenas te tuvo la conserva cuando él se halló embarazado de unas bascas mortales. Encendiósele el rostro, arrojó por el suelo la silla donde estaba sentado, desabróchose los botones, así los del jubón como los de la ropilla. En medio de esta turbación conoció su daño, y corriendo a donde estaba su espada para vengarse de quien le había dado a beber la muerte, acometió a Elena, que temerosa, dando gritos se entró al aposento donde tenía la cama pidiendo favor. Detrás de las cortinas, al lado de la cabecera, estaba escondido su amigo, ocasión de estos daños, que por mal nombre le llamaban en Madrid Perico el Zurdo. Pareciole que aquella ocasión era forzosa y, saliéndole al paso a Montúfar, que entraba ignorante de semejante encuentro, le dio una estocada que le pasó el corazón.

Al ruido que hizo y gritos que dio Elena cuando huía, entró un alguacil que pasaba entonces de ronda acompañado de mucha gente; y viendo el suceso miserable dio con ellos en la cárcel de corte. Vino luego uno de los señores Alcaldes, a quien se dio cuenta del negocio. Y confesaron sin resistencia porque la probanza estaba clara. Era el Perico hijo de vecino de Madrid y tenía dos honrados entretenimientos; uno en el Rastro y otro en el Matadero, en que sucedió a su padre y abuelo, que le dejaron con este oficio tan rico como mal doctrinado. Defendíase para no morir diciendo que el oficio de sus pasados y el suyo era matar cameros, y que por muchos que habían acabado hasta entonces en sus manos en vez de castigo se te había dado paga, y que no sabía por qué razón, siendo el difunto mayor camero que los demás y conocido de todo el mundo por animal de este género, se había de hacer esta particular demostración, poniéndole a él en prisiones y condenándole a muerte. Amargole la gracia, porque dentro de dos días le hicieron joyel de la horca, colgándole de ella con satisfacción de toda la Corte. No le acompañó Elena porque a la tarde la sacaron, causando en los pechos más duros lástima y sentimiento doloroso, al río de Manzanares, donde dándola un garrote, conforme a la ley la encubaron.

Hizo testamento y mandó restituir a don Rodrigo de Villafañe el hurto, como quien podía por tener tan gruesa hacienda. Era ya muerto el viejo y heredó don Sancho, que admirado de tantos engaños como le habían pasado con Elena y mucho más de su miserable fin, propuso de allí adelante vivir honesto casado. Antonio de Valladolid, que ya era hombre y servía a don Sancho de camarero, que fue el paje que ella dejó encerrado, tomó el hábito de una religión, que las más veces del mal fin de un malo se sigue la enmienda de infinitos vicios.

Florecía entonces en Toledo, entre tantos espíritus gentiles, un poeta ilustre en escribir epitafios; el cual, siendo bien informado de la vida de Elena, trabajó este para su sepultura, con que mi pluma dará el último paso y se cerrarán las puertas de esta historia.

"Elena soy, ya aunque de Grecia el fuego no hizo por mí ocasión a Troya ultraje parecí que era griega en el lenguaje, porque yo para todos hablo en griego.

Huésped siempre mentí, siempre hice juego de la verdad neguele el vasallaje virtud es vinculada en mi linaje, que hasta en esto da muestras de gallego.

Dos padres virtuosos me engendraron, gente de poco gasto en la conciencia padre gallego, y africana madre.

Después de muerta al agua me arrojaron, para que se vengase de mi inocencia el mayor enemigo de mi padre.

FIN

Epítafio de la segunga edición:

"Elena soy, que viví... Mas de qué sirve contar una historia tan vulgar: ya todos saben quien fui.

¡Oh huésped, no me presentes más llanto, que no me agrada! Yo me doy por bien llorada de ti y de tus descendientes"

ÍNDICE

Made in the USA
Middletown, DE
17 May 2021